CASTING
キャスティング

キャスティング

水壬《みなみ》楓子《ふうこ》

ILLUSTRATION
水名瀬《みなせ》雅良《まさら》

CONTENTS

キャスティング

キャスティング

その男が旅行者だというのは、一目見てわかった。

動きやすそうなポロシャツとチノパンという出《い》で立ちで、デジタルカメラを首からぶら下げ、右手には小さなデジタルムービー。

とはいえ、昨今世界を席巻しているアジアからのお上りさんというわけではない。

アングロサクソン系だろう、ひょろりと痩《や》せた長身で、くすんだ金髪だった。自分よりいくつか年上だろうか。三十過ぎくらいに見える。

今どきはやらない黒縁の眼鏡《めがね》が、ちょっと笑ってしまうくらい妙に似合っていた。

ゆっくりと歩きながらあたりを見まわし、何か興味を引くものを見つけたら、その距離を確かめるようにそっと近づいていって、いろんな角度からじっくりと眺め、おもむろに写真やビデオを撮り始める。

錆《さ》びた鉄階段とか、崩れかけた建物の落書きとか。投棄されてひさしいだろう自転車の残骸《ざんがい》とか。朽ちたゴミ箱に、穴の空いたドラム缶。

ここがエジプトなら考古学者、アマゾンなら植物学者か昆虫学者、といった風情だが、あいにくこの場所に研究するべき価値のあるものはない。

マイアミのダウンタウン――セレブの別荘が建ち並び、リタイアした金持ち連中が優雅にセカンドライフを満喫する高級な界隈《かいわい》とはがらりと様相を変え、日の当たらない通りにはいかにも薄汚れた空気が満ちていた。

路地の先ではうさんくさい男たちが麻薬《ドラッグ》を売り買いし、かっぱらいの子供たちはカモの隙《すき》を狙《ねら》っている。

裏通りに面した安ホテルの二階の窓から、ジーン――と仲間内では呼ばれている――ユージン・キャラハンは、サングラス越しになんとなく、場にそぐわないその旅行者の姿を見下ろしていた。シミだらけのシーツの上でだらしなくあぐらをかき、太陽はまだ真上にも来ていなかったが、片手にはビールのグラス。ブランチ代わりだ。

まだ真夏というほど暑くはなかったが、袋小路の通りには生暖かい空気が淀《よど》み、じっとりと首筋に汗がにじむ。

――何をやってんだ、あの男……?

ボタンをすべて外し、前をはだけさせたシャツをあおって風を起こしながら、ジーンはわずかに眉《まゆ》をよせる。

通りから浮き立っているようで妙に目を引かれるが、……まあ、見も知らない他人にさして興味はない。

ジーンは視線を手元にもどし、グイッとビールを胃に入れる。

生温《なまぬる》くなっていたが、それでもじわり、と炭酸が細胞に沁《し》みていくようだ。

……と、その時だった。

ふっと視界の片隅に黒いものがうごめいた。通りに接している狭い小路の角だ。

微妙にはっきりとしない影にいらだち、それでも目をすがめて確かめると、それが三人の少年だとわかる。みんな十二、三歳くらいだろうか。

浅黒いヒスパニック系の顔立ちだった。このへんではめずらしくもない。

彼らは通りをふらふらしながら写真を撮っている男の背中を指さし、何やらヒソヒソとささやき合っている。

こんな場所だ。何の相談か——さすがに想像は難しくない。

そして、彼らはパッといっせいに走り出すと、一人が素早く男の前へまわりこんだ。

「……何か？」

いきなり少年たちにとり囲まれ、男は一瞬、面食らったようだが、ただ首をかしげて穏やかに尋ねている。

——バカか……。

ジーンはその様子にハッ…、と息を吐いた。

連中の目的は決まっている。男の持っている金。それがなくても、今手にしているカメラとビデオがあれば十分だ。

案の定、少年の一人が甲高いスペイン語で何か威嚇《いかく》するようにまくし立て、男の手にしているデジタルムービーに手を伸ばす。

「ああ…、悪いけど、これはあげられないんだよ」

ようやく状況がわかったのか——あるいは本質的にはわかっていないのか。

男はただ申し訳なさそうに言って、首をふって示した。

だがもちろん、そんなことで引き下がるはずはない。頼んでいるわけでもない。

少年たちは飛びかかるように男の肩をつかみ、首に下がっているカメラを力ずくで奪いとろうとする。

「困ったな…」

長身をいかしてなんとかその攻撃を避《よ》けると、男は本当に困ったように頭をかきながらつぶやいた。

そんな様子にもどこか危機感がなく、ジーンはやれやれ…、とため息をついた。

相手が子供とはいえ、もう少し身の危険を感じた方がいい。ビデオやカメラくらいで命が買えるのなら、さっさと渡して逃げ出した方がよほど利口なのだ。

そもそも、こんなところをふらふらしているあの男にも非がある。

「ダメだ。これは渡せないんだ」

しかし、膝《ひざ》を蹴《け》られ、薄汚れた壁際に追いつめられながらも、男はビデオを高く持ち上げ、厳しく諭すように言った。

ストリート・ギャングを相手にそんな説得をしてどうする、という気もするし、そもそも英語が通じる相手かどうかも疑問だが。マイアミには英語の話せない住人はいくらでもいる。

が、そんな押し問答についに少年たちの方がキレたらしく、いきなりポケットからナイフをつかみ出した。

さすがに危険な状況だった。しかしそれでも、男はガンとしてビデオを渡そうとはしない。

腕に自信があるようにはとても見えないが、ただの脅しだと思っているのか。

チッ…、とジーンは短く舌を弾《はじ》いた。

——やっかいな……。

内心でうめきながら、白いペンキのはげきったサイドテーブルにグラスをおき、その横にあったものを素早く引っつかむ。

『何をやってる！』

そして窓枠に肘《ひじ》をつくようにしてそれを構えると、スペイン語で短く叫んだ。

突然の声に、ビクッ…、と少年たちの肩が震え、引きつった顔がこちらをふり返る。そして、ジーンの手にしているモノにだろう、彼らの目が大きく見開かれた。

『行っちまえ！』

その先を軽くふり、ジーンは脅すようにしてさらに怒鳴りつける。

彼らはおたがいに一瞬、顔を見合わせ、そして一目散に逃げ出していった。

その背中を見送って、ジーンはようやく手にしていたモノを下ろした。

呆然《ぼうぜん》とした顔で、同様に彼らの走り去った方を眺めていた男が、やがてジーンに視線を向け、窓の下まで近づいてくる。

「アメリカ人？」

額に手をあて、見上げるようにして男が尋ねてきた。

「連中だってアメリカ人だろうぜ。不法移民じゃなけりゃな」

軽く返したジーンに、ああ…、と思い出したように男がうなずいた。

「そうだね。昨日までメキシコにいたものだから」

ぶつぶつとつぶやいてから、ふいに声を上げる。

「そこに上がらせてもらってもいいかな？」

「礼は必要ない」

実際にたいしたことでもなく、手をふったジーンに男は続けた。

「そこからの風景が見てみたいんだ」

その妙な希望に、ジーンは首をひねる。

こんなところからの景色など、まったくおもしろみはない。薄汚れた壁と、文字《アルファベット》の欠けたネオンサイン。ゴミゴミした通りが見られるだけだ。

酔狂な男だ…、と思いながらも、肩をすくめるようにしてジーンはうなずいた。

まあ、たまには英語の通じる相手と無駄話も悪くない。

ジーンはここに滞在して一週間ほどだったが、そういえばまともに英語を話していなかった。ホテルの主人も、二、三回引っ張りこんだ女もヒスパニック系で、英語は片言程度だ。

こんな場所で見ず知らずの人間を部屋に入れるのは危険きわまりないが、仮に強盗ならたいした演技力と言うべきだろう。

正直、こんなところで男がいったい何を撮っているのか興味もあった。

ほどなく廊下の軋《きし》む音が響き、しかしなかなか姿を見せない。どうやら部屋へ来る途中で、ホテルの内部を撮影しているようだった。日付と場所と時間まで説明する独り言のような言葉がとぎれとぎれに聞こえてくる。撮影記録のようだ。

ようやく部屋のドアがノックされ、どうぞ、とジーンは答えた。

ゆっくりとドアが開き、しかし男はしばらく戸口で立ち止まったままだった。

部屋を見まわし、ああ…、と小さくつぶやくと、何がうれしいのか、次第に大きな笑みが広がっていく。ビデオを手にした腕はだらりと下げたまま、まぶたに焼きつけるように、部屋の中をじっと眺めていた。

——なんだ、こいつは……？

どこかおかしいヤツか？　とさすがにジーンも不安になる。

壁紙のはげた壁やうらぶれた窓の外、部屋の大半を占める古いベッドと、その上にあぐらをかいている自分——。

順番に視線を移し、最後にやっと男はジーンと目を合わせると大きく微笑《ほほえ》んだ。

ただ純粋な、恐れを知らない子供のような目だ。

「いいですね…」

誰《だれ》に言うともなく、そんなふうにつぶやいた男に肩をすくめ、ジーンは手にしていたグラスから一気にビールをあおる。

自分もこんな安っぽい風景の一部、というわけだ。

なるほど、今の自分ならば確かにそうだろう……。

ふっと自嘲的《じちょうてき》な笑みが唇をかすめる。

「あんた、映画でも撮ってんのか？」

ベッドから片足を下ろすようにして向き直り、ダレた口調でジーンは尋ねた。

「ロケハンをしているところなんですよ」

男がそれにうなずく。

ふぅん…、とジーンはうなった。

アマチュアか、いつかハリウッドデビューを夢見る新進の映画監督、というところだろうか。

明らかに年下の男を相手に、ずいぶん丁寧な口の利き方だった。

「確かに刺激的な街だからな。ドラマでも映画でもよく舞台になる」

高級リゾートであり、観光地でもある表の顔と、犯罪都市としての裏の顔。よく使われている題材だ。

「そう…、でもまたちょっと違う面を見たいと思ってあちこち歩いているんですが。——撮ってもいいですか?」

ジーンがどうでもいいようにうなずくと、男がビデオをまわし始める。

「わかってるだろ? ビーチのあたりと違ってこのあたりは治安がよくない」

男が片膝をベッドにつき、ジーンの横から身を乗り出すようにして窓からの景色を撮影するのを眺めながら、ジーンは説教した。

「そうですね。本当に助かりました」

窓の外から中へもどり、ジーンの横顔にレンズを向けながら男は答えたが、やはりたいした危機感はないようだ。

ハァ…、とあからさまにため息をついたジーンの顔が、男のビデオにはいい記念に収まったことだろう。

男のレンズはサイドテーブルへと移り、思い出したように尋ねてきた。

「銃を持っていたんですか?」

「いや」

あっさりとジーンは答えた。

そしてにやりと笑うと、ほとんど空になったグラスをサイドテーブルへのせ、その横のビール瓶を手にとった。

三五〇リットルくらいの黒っぽい小振りな瓶だ。

それの注ぎ口の方を男へ向け、くびれのあたりを手の中に握りこむと、もう片方の手で支えるフリをして底の部分を隠す。

「このへんじゃ銃はあたりまえのように出てくる。なまじ見慣れていると、持ってて当然だから、構えだけでちゃんと見もせずにそれが銃だと思いこむ。遠目だったしな」

あとはジーンの迫力のある外見と雰囲気、だろうか。

わずかに目を丸くした男は、ほぅ…、と肩を落とすようにしてため息をついた。

「嘆《なげ》かわしいことですね…」

「嘆かわしくても現実だ。まだしばらくいるつもりなら、画像は本体じゃなくてメモリカードに入れるようにして、何かあったらデータだけ抜いて渡せ。大事なのは本体じゃないんだろ？」

そんなジーンの忠告に、ああ…、と男が感心したように何度もうなずく。

「なるほど。ありがとう。今度からはそうします」

そしてまっすぐにジーンを見て微笑んだ。

ケンカが強いようにも見えないし、恐くなかったわけでもないのだろう。

それでもあれだけ撥《は》ねつけられたのは――夢があるからか。映画、という。

胸の奥がわずかに疼《うず》くようないらだちを覚え、ジーンはいくぶん乱暴にボトルをサイドテーブルへもどす。

そして何気なくサングラスを外すと、軽くまぶたの上を押さえた。

顔を上げると、まっすぐに見つめてくる穏やかな茶色の目とぶつかる。

「きれいな目をしていますね」

静かに男が言った。

「真っ青な…、空の色だ」

一瞬、誘われているのかとも思ったが、そんなつもりもないらしく、ただ観察したことを報告するような調子だった。

「だが使いモノにならない」

褒められたのだろうが、ジーンは吐き捨てるように返した。

それに男が怪訝《けげん》そうに首をかしげる。

「事故で片方、視力が極端に落ちた。戦闘機乗りとしては終わったよ」

無意識に指先で右目を覆いながら、グチのような、自虐的《じぎゃくてき》な言葉がこぼれ落ちる。

だがそれが――自分の現実だった。

「パイロット？　空軍にいたんですか？」

「いや、海兵隊だ。除隊して田舎《いなか》へ帰るところさ」

子供の頃《ころ》からの夢だった。志願して厳しい訓練を受け、ようやくその夢は現実になった。

それが――ある日突然、失われたのだ。

「ああ…、ではミラマーにいたんですね」

つぶやいたところをみると、男も二カ月前の航空ショーで起こった事故を知っているのだろう。

突然、どこへもやり場のない怒りが発作的に喉元《のどもと》へ突き上げてくる。

思わずにらみつけるように男を見上げ、ジーンは口元にいびつな笑みを浮かべて男に言っていた。

「あんた、助けてやった礼くらいはしてくれるんだろ？　地上のパラダイスへよってみたはいいが、金もなくなってここんとこちょっとご無沙汰《ぶさた》なんだよ。ちょうどたまってたとこだしな…」

腕を組み、いかにも意味ありげな口調で言ったジーンに、男はたじろいだふうもなく静かに尋ねてくる。

「君はゲイなんですか？」

それにジーンは、手のひらで顎《あご》を撫《な》でながらにやりと笑ってみせた。

「女の子は大好きだね。だが男もいい。相手次第だな」

経験がないわけではない。なにしろ、娯楽は少なく規律は厳しい軍隊生活だったのだ。

男はそれに穏やかな表情のまま、うなずいた。

「選択肢が多いのはいいことです。視野が広がる」

……そんなふうに言われると、いくぶん調子が狂うが。

「あんたでいい。相手をしてくれないか」

ジーンはベッドに片膝を持ち上げ、なかば投げやりな調子で言った。

正直、好みのタイプ、というわけではない。

女ならばグラマラスな美人がやはり好きだし、男にしても素直でキレイめの、年下のヤツがいい。憧《あこが》れと尊敬の目で見てくるような、かわいい後輩、だ。そもそも年上の男を相手にしたことはなかった。

だが、さっきも、そして今も、特にあせる様子もなくマイペースなこの男の、泣いてあえぐ姿を見てみたい気もした。

想像するだけで、ズキッ…と下肢《かし》に熱がたまるのを感じる。やればおかまいなしか…、と自嘲してしまうが。

「私《わたし》でいい、と言われると素直にはうなずけませんね。私がいい、というのなら考えもしますが」

しかし男はジーンのそんな凶暴な思いも気づかないように、手にしていたビデオを腰につけたウエストポーチのようなケースにしまいながら淡々と返してきた。

だが、そう言ったところをみると、まんざらそっちを知らないわけでもないらしい。

「それほど大層な御仁なのか、あんたは？」

ジーンは、ふん…、と鼻を鳴らした。

それなりに自分に自信もあった。実際、軍にいた頃は自分に抱かれたい男が順番待ちをするくらいに、だ。

ダークブラウンの髪に、さっき男も褒めてくれた青い目はなかなかにセックスアピールもあるらしい。むろん、訓練で鍛え上げられた肉体も、だ。

この程度の男にも相手にされないわけか…、と思うと、今の自分のみじめな凋落《ちょうらく》ぶりがうかがえるようで、ジーンは思わず立ち上がって荒々しく男の腕をつかんだ。

「……ここまで来て、タダで帰れると思ってんのか？」

口元に薄い笑みを浮かべ、低く脅すように言う。

うかうかとこんなところまで上がりこんできたこの男が悪い…。

そんな気持ちだった。

長身の男だったが、それでもジーンの方がいくぶん上背はある。身体の幅で言えば、倍くらい違いそうだ。

明らかに力で太刀打《たちう》ちできる相手でないことは、男にもわかっているはずだった。

だが彼は、やはり穏やかな表情でジーンを見つめたまま、静かに口を開いた。

「不名誉除隊でないのなら、こんなところでその栄光に泥を塗ることはないでしょう」

その指摘は、静かなだけにぴしゃりと横っ面を張られたようで、ジーンは思わず唇を噛《か》んだ。

The Few, The Proud, The Marines——選ばれた誇《ほこ》り高き海兵隊員——それが海兵隊のモットーの一つである。

海兵隊員は退役しても、死ぬまで海兵隊員としての誇りとともに生きなければならない。

ジーンはつかんでいた腕を腹いせのように突き放すと、大きく息をついて男に背中を向ける。

無意識にだろう——情けない表情を見られたくなかった。

「助けてもらったことには礼を言います。本当にありがとう」

背中にそんな声がかかる。

「助けてもらったのは好意だと思っていますから、金を渡したくはないですが」

その言葉に、なぜかドキリ…、とした。

そう…、確かに何か見返りを求めていたわけではなかったはずなのに。

自分の弱さを見せつけられたようで、悔しさが——自分に対する悔しさがこみ上げてきた。

「……ああ、これならいいかな」

そんなつぶやきとともに、ふいに片手がとられ、その上に二粒、小さなチョコレートの包みが握ら

された。

どうやら男のポケットにつっこまれていたのか、熱でいくぶん溶けて形が変わっている。

「あぁ…?」

さすがにとまどって、ジーンは肩越しにふり返って男を見る。

「早く家に帰って、家族に顔を見せて……少し休めばいい。それからまた新しくやることを見つければ。人生に夢はいくつあってもいいでしょう?」

穏やかに言われて、ジーンは思わず息をつめた。

除隊した時に、友人からも上官からもさんざん言われたことだった。

心配しなくても大丈夫だ、と、笑ってうなずきながらも、その言葉は気持ちから流れていっただけだった。

——おまえたちは簡単に言える……。

と、そんなひねくれた思いが胸の奥でくすぶるばかりで。

「ヤケになる必要はないと思いますよ。君はまだ若いし、魅力的だ。つまり、望むことは何でもできる」

くすっ…、と喉で笑うような男の声が聞こえてきて。

まるで自分が甘いものをもらってなだめられている小さな子供みたいで、ジーンは恥ずかしさで逃げ出したい気持ちになった。

大のおとなが。しかも血を吐くような厳しい訓練を耐え抜いて海兵隊にまで入った男が、——だ。

「本当にありがとう」

そんな言葉を残して、男は部屋を出た。

それは今から十年前――。
ジーンが二十七歳の時だった。

◇

◇

「OK、カット」

さほど大きくはない、しかし落ち着いた深い声が空気を切る。

すでに耳に馴染《なじ》んだ男の声だ。

張りつめていた緊張が途切れ、ざわり…と空気が揺れた。

アリゾナとカリフォルニアの境にある、乾いた砂漠の中のゴーストタウン――。

それがまるまる架空の街に作り替えられた映画のセットの中に、このひと月ほど、ジーンはいた。

「次、急げ！」

「メイク！　準備はいいのかっ？」

「そろってるか？　――おい、一人足りないぞっ！　誰だっ？」

助監督《AD》たちや他《ほか》のスタッフの怒号がいっせいに飛び交い、バタバタと走りまわる乾いた地面からは砂埃《すなぼこり》が舞い上がる。

そんな混乱の中、一人静かにディレクターズ・チェアに腰を下ろしている男の姿を、ジーンはちらりと視界の端に入れた。

クレメン・ハワード監督――この現場の指揮を執《と》る男だ。

十数年前、まだ二十代だった頃にテレビ映画として撮った低予算のアクション物が話題となり、それ以来、ハリウッドで次々と記録を塗り替えるヒットメーカーだ。冒険アクション系やホラー、スリラーの娯楽大作を得意としていて、四十を過ぎてさらに精力的に活動している。

映画監督としては間違いなく成功した部類に入り、個人資産も相当なはずだが、現場では他の若いスタッフの中に埋没するような質素な格好だった。

今もヴィンテージ・グリーンのキャップを頭に乗せ、よれよれのTシャツとすり切れたジーンズ姿だ。長い足を持て余すように組んで、その膝の上で台本《スクリプト》だかコンテだかをチェックしている。

どうやらさらなるリテイクはないらしく、ホッ…と肩から力を抜きながらジーンがセットを離れる中、次のグループのエキストラたちが入れ替わりにバラバラとセットへ入っていった。

次のシーンのカメラ・リハーサルが始まるのだ。

「お疲れです！　カッコよかったですよ」

「あぁ…、ありがとう」

元気よく走ってきた若い小道具のスタッフに持っていた剣を渡し、この役のトレードマークにもなっている麻のマフラーを首から外しながら、ジーンはどさり…、と専用のイスに腰を下ろした。

レザージャケットのファスナーを引き下ろし、胸元に風を入れると、ふー…、と思わず大きな吐息がもれる。

少しばかり長回しのアクションシーンで、さすがに緊張していたのか肩のあたりが張っていた。

昨年、世界的に大ヒットを飛ばしたハリウッドの娯楽大作「アップル《A》・ドール《D》ズ」の続編になる「ADⅡ」のロケ地である。

近未来のSFアクションであるこの作品は、砂漠の街を丸ごとセットに作り替え、三カ月に及ぶロケが行われていた。

ジーン――ユージン・キャラハンは前作に引き続き、その主演を張っている。

首筋の汗を拭《ぬぐ》っていると、今回からの新しいキャラクターとして共演している千波《ちなみ》が近づいてきた。

「ジーン」

涼《すず》やかな声。

日本人らしい繊細で端整な顔立ちの男だ。そして、内からにじみ出るような気迫もある。

瀬野《せの》千波は日本でのキャリアもある俳優だったが、むこうでスキャンダルに巻きこまれて、ハリウッドで再起したらしい。それが感じられる芯《しん》の強さ、というのか。

今の役が決まる前に千波が出演した独立系の映画はカンヌで監督賞を獲《と》り、現在、全米で公開されている。その作品とともに、千波の演技も高く評価されていた。

事前に千波のスキャンダルについては説明も受けたが、共演することについて、ジーンは特に異は唱えなかった。

長丁場の撮影だ。もちろん相性がいいに越したことはないが、監督の決めた配役だったし、話を聞いた限り、千波に非のある事件ではなかったから。

『あっちの人間みたいですよ』

ハリウッドでいちいちその性癖を問題にしていては仕事にならないだろうが、やはり気にする人間もいるのだろう。

一応、そんなふうに耳打ちされたが、ジーンは、だから？　と、軽く流した。

……実際、人のことは言えない。

自分は真性のゲイというわけではないが、まあ、バイとはいえるだろう。

ちらっと、ジーンは作られた日陰の中でモニターをチェックしている監督を横目にしてから、視線を千波にもどす。

「ちょっといい？」

遠慮がちに聞かれて、大きな笑顔で答えた。

「ああ、もちろん」

「明日の神殿のシーンなんだけど。ジーンの方から声をかけてくるだろう？　一回無視してからふり返るタイミングだけど——」

台本を手に、千波が説明し始める。

千波は人一倍、勉強熱心だった。会話をしている限り、ほとんど不都合は感じなかったが、やはり英語圏のネイティブではないのでその分、ヒマさえあればセリフを読みこんでいる。事前にアクセントやイントネーションを確認されることも多かった。

続編ということで、ほとんどのキャストが引き継がれた中、新しく設定されたキャラクターでもあり、それだけに中心的な役所で力も入るのだろう。

それにつられるように、ジーンも前作より深く掘り下げて自分のキャラクターやストーリーを考えている気がする。……まあ、前作の時は、監督に指示されたことをこなすので精いっぱいだった、というのもあるのだが。

魅力的な男だが、千波には日本に恋人がいる――、というのが、このスタッフの中では定説になっていた。

オフの時でも外へ遊びに行くことはほとんどなく、自分のトレーラーのポーチデッキで長電話をしている姿がよく見かけられている。

そんな時の千波の表情は、本当に溶けそうにやわらかくて。

実際、ジーンも千波のトレーラーの中で、相手らしき男と二人で映っている写真を見たことがあった。

フリーであれば、結構な争奪戦だっただろうな…、と思う。まあ今でもモーションをかける女――男もいるようだったが。

太平洋を越えた遠距離恋愛なのだ。そうでなくとも、ロケ地だけの恋人を作る連中は俳優にもスタッフにも多い。

ジーンも初顔合わせのあと、軽く誘ったことがあった。

千波がゲイだということはわかっていたので、おたがいに納得して遊べれば、というくらいの軽い気持ちだったが、千波はやわらかく微笑んで、しかし毅然《きぜん》と断ってきた。

『恋人《パートナー》が……いるので』

と。まっすぐな眼差《まなざ》しで。

別に主演俳優の「権力」をひけらかすつもりはなかったが、今の自分と千波とのハリウッドでの力関係は明らかだったから、やはり少し、意外にも思った。

ただ同時に感心もしたし、感銘《かんめい》も受けた。

仕事と恋愛は別で、当然のことといえばそうなのだが、……実際、何かしらの見返りを期待して近づいてくる女たちは――男もだ――引きも切らなかったのだ。

千波にはどん底を知っている強さと、潔さがあった。

異国の地でここまで這《は》い上がってきた精神的な強さを、やはり尊敬する。

――それに比べれば、か……。

かつて自分も挫折《ざせつ》を味わい、投げやりになったこともあったが、それがどれだけ甘かったか、痛感させられる。

「……俺《おれ》がもう半歩、引いた方がいいかな、と思うんだけど。その方が距離感がいい気もする」

台本を指でたたきながら、千波がそんなふうに提案してくる。

「そうだな…、あそこ、一気にテンションが変わるから、呼吸が難しいよな」

顎を撫でて、ジーンもうなった。

「テイクの前、ちょっと合わせてみようか」

そう応《こた》えたジーンに、千波がよろしく、とうなずいた。

「次、俺たちは夕日を待って撮影だっけ？」

と、思い出してジーンが確認に尋ねる。

今度の映画では千波とのからみが多いが、今日の自分の撮りはそれ以外、すべて終わったはずだ。

千波は、前作から設定のあるジーンの率いるチームに新しく入ったメンバー、というポジションで、しかし当初、ジーンとは馬が合わずに意見が対立する。しかし戦いの中で次第におたがいを認め合い、本当の仲間になる、というのが、今回の主題《テーマ》の一つになっている。

「そうそう…、失敗したらまた明日に持ち越し」

喉で笑うようにして千波が答えた。

沈みかけの夕日をバックにしての撮影は、当然ながら一日に一回しかトライできない。そしてすでに三回、リテイクを出していた。そのうち一回は人間のせいではなく、雲の出方が悪かったためだが。

クレメン・ハワードは気難しいタイプではないが、撮り直しは比較的多い。長期のロケだからこそ、できる技だ。

「――ああ、ジーン！　千波も！　ちょっと来てもらえるか！」

と、撮影スタッフの集まるあたりから助監督の一人に大声で呼ばれ、何だ？　と、二人はちらっと顔を見合わせてから、そちらへと向かった。

大きなテントが張られ、その下の長いテーブルにはモニター類や音響機材が並び、足下には太いケーブルが無数にうねっている。その中を撮影や音響のスタッフがいそがしく動きまわっていた。

俳優のまわりだと、ヘアやメイクの女性スタッフも多いが、やはり技術屋となるとまだまだ男の世界のようだ。

監督のクレメン・ハワードが立ったまま腰に手をあてて、いくぶん難しい顔でモニターをのぞきこんでいる。

「何か？」

先に入ったジーンが声をかけると、クレメンがふっと視線を上げた。

初めて会った時と変わらない、穏やかな茶色の瞳《ひとみ》――。

ただ金髪はいくぶん色を落とし、目尻《めじり》に皺《しわ》が少し、見えるだろうか。

ジーンを見つめる眼差しはいつも冷静で、監督の主演俳優に対する以上の感情はないのだろう。

……いや、主演であるかどうかさえ、おそらくは関係ない。千波や他の共演者、エキストラへ向ける視線とも、何の違いもないはずだった。

わかってはいても、こんなふうにその事実を教えられるたび、なぜかいらだってしまう。

「昨日、撮った分ですが。あなた方ふたりのシーンです」

例のごとく淡々と、クレメンは口を開いた。

「申し訳ありませんが、もう一度、撮り直したいんですよ」

相変わらず穏やかな、落ち着いた口調。誰に対しても丁寧な物腰。

現場では良くも悪くもエキサイトして大声で指示を出す監督も多いが、クレメンは常にこのトーンを崩さなかった。

撮影中以外でも物静かで、たいてい一人で撮影プランを練ったり、台本に手を入れたりしている男には、「教授《プロフェッサー》」というあだ名がつけられている。

撮影中も、ディレクターズ・チェアからほとんど動かず、細かな指示や指導はほとんど助監督たちが走りまわって伝えていた。

偉そうにしている、というより、むしろ実際の、具体的な段取りをするのが不得手なのだろう。へタに何か動こうとすると、他のスタッフに邪魔にされていることも多いのが、自分でもよくわかっているらしい。ファーストＡＤの方がよほど押し出しがよく、遥《はる》かに手際よく、俳優やスタッフたちをテキパキと動かしていた。

のんびりとマイペースな雰囲気だったが、とは言っても、口を開いた時の存在感はさすがである。

……ちょうど、今のような。

ほとんど断定的に言われ、ジーンはわざと顔をしかめて、首をかしげてみせた。

「何が問題なんです？」

「君の表情が」

が、容赦なく、端的に答えられ、ジーンは思わず腕を組んだ。

「昨日はＯＫが出たところでしょう？」

「そう…。ただ、次のシーンとのつながりを考えると、少し違和感があるんです」

今からの撮り直しとなると、もちろん時間もかかるし、手間もかかる。

が、やわらかな物腰、口調の割に、クレメンは意外と頑固だった。

つきあいの長いスタッフもそのあたりは心得ているらしく、クレメンが例のものやわらかな調子で「撮り直したいのですが？」と言ったら、理由がわからなくても四の五の言わずに手配にかかる。

そのくらいならＣＧで処理できます、とか、ノイズは消せます、とか説得したところで時間の無駄だとわかっているのだ。

「あさってのスケジュール表《コールシート》に組みこもうと思うのですが、かまいませんか？」

口調は丁寧だが、有無を言わせない気迫のようなものがある。

「俺はかまいません」

と、横で千波が答え、いかにもめんどくさそうにジーンもうなずいた。

「ま…、仕方ないでしょう。あなたがそう言うんなら」

多少、嫌味な口調になるが、それでも男の方は意に介していないに違いない。主演俳優の機嫌など、いちいち気にしてはいられない、というところだろうか。

「悪いな」

と、横から助監督の方がすまなさそうな顔で、気を遣って肩をたたいてくる。

仕方がないさ…、という顔で、ジーンは片手を上げて応えた。

テントを出てから、夕日の時刻までジーンの家でコーヒーブレイクにしよう、ということで、千波と連れだって歩き出す。

「半日オフがつぶれたんじゃ？」

さすがにやれやれ…、とため息をついたジーンに、くすっ、と笑って千波が言った。

「デートの順番だった子が気の毒だな」

どうやら、女の子をとっかえひっかえ、というのを揶揄《やゆ》しているらしい。

まわりには何もない砂漠の中のロケ地だ。

まとまったオフになれば、リゾートにちょっとした息抜きに出かけたり、ハリウッドの自宅に帰ったり、どこかの別荘で静養したりするのだが、一日、あるいは半日程度のオフの場合は、近くの街まで自家用のジェットを飛ばして遊びに出ている。

そしてそんな時には、たいていスタッフの空いている子を誰か、一緒に連れて行ってやっていた。

共演の女優の場合も多い。

スタッフの足としてセスナやバスもあるが、時間の都合もあり、うまくタイミングが合えば他のスタッフも乗せていた。

「ま、仕事優先さ」

しかし気づかないふりで、ジーンはさらりと返した。

ジーンのこのロケ地での家は、平屋の３ＬＤＫを建ててもらっている。贅沢《ぜいたく》な方だろう。あとは主演女優や、重要な脇役《わきやく》である大御所の俳優をのぞき、千波や他の共演者はハウスタイプのトレーラーを使っていた。

ジェットやこの家については、事前の契約書に盛りこまれている。「大物ハリウッド俳優」としてのテンプレもあるらしく、ほとんどはエージェント任せでしっかり読みこんではいなかったが、他にもいろいろとオプションはついているのだろう。

ハウスキーピングはもちろん、一番近くの街のスポーツジムとの契約とか、もちろん運転手とかジェット機のパイロットとか。

ハリウッド俳優のワガママ、というか、ステイタスというか、……まあ、これを目標にやっているところもあるわけだが、ジーンにしてみれば、かなり意図的に、自分の存在を見せつける意味もあって、あえて派手《はで》に生活していた。

もちろん、監督――クレメン・ハワードに、だ。

◇　　◇

十年前――。

海兵隊からの退役を余儀なくされたジーンは、次の目的も見つけられないまま、田舎へ帰る前にマイアミに立ちよっていた。

憂さ晴らしでもしなければやってられない、という気分で、しかしラスベガスで遊ぶほどの金もなく、ほどよい享楽の街だったわけだ。

そこで出会った年上の男のことは、妙に心に残っていた。

『君はまだ若いし、魅力的だ。つまり、望むことは何でもできる』

男の言ったそんな言葉が、耳から離れなくて。

だが、望むこと――というものが見つからないいらだちと焦り、そして歯がゆさが、日に日に大きくなるようで。

男と会ったあと、なんとなく遊ぶ気も失《う》せてジーンはおとなしく実家へ帰り、しばらくは家業の手伝いをしていた。

が、やはり少し、居心地は悪かった。家族に邪険にされた、ということではなく、いわばエリートコースから外れて帰ってきた息子をどう扱ったらいいのか、彼らの方がとまどっていた、という感じだろうか。

海兵隊に入った息子は両親の自慢であり、田舎町では英雄《ヒーロー》だった。それが失意とともに帰ってきたのだ。まるで腫《は》れ物に触るような接し方になっていた。

父は大規模農場を経営していたが、すでにその仕事の半分は結婚して子供もいた双子の弟がこなしていて、跡を継ぐのは弟の方だと、家族の中でも当然のこととして受け止められていた。

もちろんジーンにしても、事情が変わったからといって、今さら口を出すつもりはない。

だが弟の方があるいは、気にしていたのかもしれない。

ここに長くはいられないな…、と思っていた時に、地元の友人から森林監視員《レンジャー》の仕事を紹介され、家族全員がホッとしたようにそれに賛成した。

あからさまだったが、彼らに悪気があるわけでもなく、まあ、それもいいか…、とぼんやりと考えていたある日、ジーンは雑誌の中にあの男の顔を見つけたのだ。

それは弟の妻が買ったファッション誌で、その中のカルチャー・コーナーに掲載されていた対談記事だった。弟夫婦は敷地内に新しく家を建てて住んでいたが、仕事の間、生まれたばかりの赤ん坊の面倒《めんどう》を見てもらうために、両親とジーンが住む家に毎日顔を見せていたのだ。

――映画監督クレメン・ハワード。

カラーのグラビアと、プロフィールと、代表作。

それまでジーンは、映画にさほど興味があったわけではない。デートコースの一つか、数ある娯楽の一つ、というところだろうか。むしろ、スポーツで身体《からだ》を動かしている方が好きだった。

それでも、クレメン・ハワードの名前は知っていた。大ヒットした彼の映画も見たことはある。

だがあの穏やかでマイペースな雰囲気が、とても派手なアクションの作品とは結びつかず、さすがに驚いた。

プロフィールによると、どうやら六歳、ジーンよりは年上らしい。

——今でもご自分でロケハンに出かけられるんですか？　そういうのって、専任のスタッフがいるものなんでしょう？

——時間に余裕があれば、ですが。旅行がてらということですよ。シーンがはっきりと決まっている段階ではなく、イメージがぼんやりとあるくらいの時は、よく一人で街を歩いていますね。

そんな話の内容に、ジーンは思わず手を伸ばして記事を読みこんでいた。

対談の相手は、どうやらこの雑誌の人気モデルらしく、……将来的には女優でも目指しているのか、いくぶん媚《こ》びた質問やアピールが目につく。

が、それに気づいているのかいないのか、女の意図とはピントのずれたところで受け答えているのがなんとなくあの男らしく、ジーンはちょっと笑ってしまった。

——では、そんな旅の中で新鮮な出会いがあるということですね？

——そう…、この間も、まだ若いのに人生に拗《す》ねているみたいな可愛《かわい》い男の子を見かけましたよ。

この言葉にドキリ、とする。

……まさか、自分のこと、だろうか？

この対談が行われたのはひと月とか、そのくらい前だろうし、時期的にはちょうど合う。

だが、こんなに子供扱いされていたとは思ってもいなかった。ストリートのガキどもから助けてやったのは自分なのに、だ。

むしろ、この男の方が現実に対処できない子供だったんじゃないか…、と思うと、むかっとする。

二十七の男をつかまえて、可愛い男の子、と言われるのも赤面するし、人生に拗ねている、と指摘されるのも、……おそらく当たっているだけに腹が立つ。

それでもさらに読み進めていくと。


——監督のイメージに合う人間と街ですれ違って、スカウトしたりもするんですか？

——いいえ。それはありません。


どこか期待するような相手の言葉に、きっぱりクレメンは答えていた。

――動機は何でもかまいませんが、俳優をやるのなら、きちんと目指して、それなりの努力と訓練が必要です。才能があるだけではいけません。……ただ、私のイメージする人間が俳優として目の前に現れてくれるのなら、それはとても幸運なことだと思いますが。

――クレメン監督の次回作に出られる俳優が、とても幸運なのだと思いますわ。長年、構想を温めていらっしゃる作品があるとおうかがいしましたが？　それは――

「あら、ジーン、あなた、クレメン・ハワードが好きだったの？」

と、ふいに背中からかかった女の声に、ジーンは飛び上がりそうになった。

ふり返ると、赤ん坊を抱きかかえたブルネットの美人が立っていた。

弟の妻――義理の妹になるカーラだが、実はジーンの同級生でもある。自分と弟のオリバーとカーラとは、高校で同じクラスだったのだ。

実のところ、兄弟ふたりで当時チアリーダーだったカーラに惚《は》れていたのだが、結局、彼女は弟を選んだ。

……正しい選択だったのだろう。

一卵性で顔はよく似た双子だったが、性格は正反対だった。

明るく快活で、社交的で、その分、浮ついたところのあったジーンとは逆に、弟はシャイで勉強家だった。

一般的な女の子の人気、という意味で言えば、スポーツが万能なジーンの方にあったから、正直、当時はへこんだものだが、誠実さというところでは確かに、弟に分があったのだろう。

『……あら。だってあなた、本気じゃないでしょ？』

そんなふうにバッサリとふられたことを思い出す。

遊んでいたつもりはなかったが、確かに腰は落ち着かなかったから、返す言葉もなかった。

それでも彼女がこんなに早く、弟と結婚するとは思ってもいなかった。

大学を卒業後、彼女はしばらくニューヨークの雑誌社で働いていて、そのままキャリアを積むものと決めつけていたから。

行動的で、頭のいい女性だった。だからこそ、優しさと堅実さだけが取り柄で、おとなしく田舎で父親の跡を継いだ弟のもとへ、すっぱりと仕事を辞めて来るとは、想像もしていなかったのだ。

だが弟が自分から彼女をニューヨークまで迎えにいったのだと聞いて――その行動力には驚いたし、正直、見直した。

自分は誰かを夢中で追いかけなければならないほど不自由はしていなかった――、といえば、かっこいいのかもしれないが、……弟ほど本気で誰かを思えないことに、悔しさを感じてもいた。

――後悔してない？

と、なかば意地の悪い気持ちで聞いてみたこともある。

が、全然、と彼女は笑っていた。

とても幸せよ――、と。

カーラは結婚してから新しい農場経営について勉強しているようだし、今はこんな田舎でもインターネットが普及している。ブログで自分の生活スタイルを世界に発信していて、反響もかなりあるようだ。今では、かたわらでフリーライターのような仕事もしている。

その切り替えの速さ、潔さは見習うべきところなのだろう。

カーラだけがこの家の中で肉親でないせいか、帰ってきたジーンに対してもポンポンと言いたいことを言ってくれる。実際、その方がよほど気が楽だ。

「ああ…、いや、ここに帰ってくる途中、会ったんだよ。このクレメン・ハワードって監督に」

「えっ、ホントに？」

ジーンの説明に、目を丸くしてカーラが声を上げた。

「すごいじゃない！　サインとかもらわなかったの？」

「その時は名前なんか知らなかったしな」

残念、とため息をつきながら、カーラがむかいのソファに腰を下ろす。

赤ん坊を抱き直しながら、ふと思いついたように言った。

「ねえ…、ジーン、あなた俳優をやってみたら？」

と、いきなりの、その突拍子もない提案に、ジーンは雑誌をおいて飲みかけていたコーラにむせそうになる。

「……なっ……！　突然、なんだよ、それは」

しかし驚いたジーンにかまわず、義妹《いもうと》はにっこりと微笑んで言った。

「せっかく顔もいいんだし…、オリバーと一緒でね」

「のろけか」

ふん、とジーンは鼻を鳴らす。

帰ってきて、新しい家族も増え、幸せそうな……充足したふたりの姿を見るにつけ、やはり淋《さび》しさを覚えないわけではない。

「結構、いけるんじゃないかしら。軍に入って体つきもずっと立派になったし、性格的にも……オリバーには無理だと思うけど、あなたならライバルを蹴散らしてガンガン行けそうだし。海兵隊の経験はアクション系の映画にはうってつけでしょ?」

俳優——など、職業として考えたこともなかったが、そんなふうに言われて、ジーンは思わず額に手をあてて考えこんだ。

考えたこともなかった——が、一度、その考えを植えつけられると、容易に消すことができなくなる。まるで何か、見えない糸にからまったように縛られていくのがわかる。

「目も弱ったというだけで見えなくなったわけじゃないんだし。戦闘機に乗るのに問題があるだけで、ふだんの生活をするのには支障はないんでしょう?」

「それは…。いやでも…、まあ、森林監視員の仕事も決まりそうだしな…」

しかしあまりにも現実味がなく、ジーンは言い訳のように口の中でつぶやいてみた。

「もちろん、森林監視員は立派な仕事だわ。安定もしているしね。でも、あえて難しい道にチャレンジしてみてもいいんじゃないの? まだ若いんだし。失敗してなくすものもないでしょう」

『望むことは何でもできる』

そんなカーラの言葉と、クレメンの言葉が重なるように頭の中に響いてくる。

——望むこと——か……。

自分は何を望んでいるのだろう……?

と、思う。

安定した仕事、安定した生活……、そういう人生――なのか。

弟のように早く愛する女性を見つけ、身を固めて幸せな家庭を作ることか。

だがそんなふうに落ち着いた幸せは、自分には合わない気がした。

いつ前線への出動命令が下りるかもしれない、いつエマージェンシーがかかるかもしれない――そんな中で生きてきて、完全燃焼しないうちにドロップアウトしたのだ。

俳優、という仕事は、軍と同じ意味で危険な仕事ではない。

だが同じくらいリスキーな仕事ではあるのかもしれない。

人生において、だ。

天国か、地獄か。……あるいは、天国から地獄へ、か。這い上がれないままなのか。

そう…、映画界も一つの戦場なのだろう。

一つの作品で数億ドルの金が動き、数百、数千、時に万の人間が動く。

ある者は栄光をつかみ、ある者は夢を見ては破れ、人生を狂わせるような。

『私がいい、というのなら考えもしますが』

そう言った男の声が耳によみがえる。

クレメンのカメラが自分を捉《とら》え、撮影した時の空気を思い出す。

シャツが身体に張りつくような淀んだ熱の中、ただ冷静な眼差しが自分に注がれていた。

そう…、冷たい熱をもった瞳――だ。

あの男の目の前に、自分をさらして見せる。

その想像に、ゾクリ…、と背筋が震えた。

自分の身体を。

欲しい――、と言わせてみたかった。

あの男の口から、自分を。

「……できると思う？」

無意識にゴクリ…と唾《つば》を飲み、上目遣いに尋ねたジーンに、彼女の方が自信ありげにうなずいた。

「ええ。やってみる価値はあると思うわ」

そしてさっそく、カーラはかつての同僚やネットから必要な情報を集めてくれた。

俳優の組合《アクターズ・ギルド》に入る手続きやら、必要な資格やら。レッスンの受けられる演劇学校やインストラクター。成功した俳優たちの経歴を調べ、参考になるようにまとめてくれて。

ジーンが新しい目標を家族に話した時には、カーラが妙なことを言ってそそのかした――、と、弟を始め両親も渋い顔をしたが、ジーンは退役後初めて、気分が高まっているのを感じていた。

どれだけの監督か知らないが、逆だろう、と思う。

肩書きをとってみれば、危機管理能力もない、ただの貧相な男だ。セックス・アピールのカケラもない。

なんでそんな男に、この俺がソデにされなきゃいけない？

待ってろ…、という、気持ちだっただろうか。

あるいは、後悔させてやる――、と。あの時、自分に抱かれなかったことを。

目の前に自分が俳優として姿を現したら、あの男はどんな顔をするだろう…、と想像するだけでワクワクした。

結局、三カ月ほどでジーンは家を出て、ロサンジェルスで暮らし始めた。

専門学校に通い、大学の公開講座《エクステンション》で理論も学び、そして役者志望の人間がどれだけ多いかに驚かされた。

その全員が仲間であり、ライバルにもなる。

それでも戦いは嫌いではない。どんな種類の戦いでも。

演技のレッスンやボイス・トレーニングを続けながら、毎日のようにオーディションを受け、ドラマやCMのエキストラを経験して、端役からだんだんとキャリアを重ねていく。

努力や実力だけでなく運も必要なこの世界では、なかなか思うような結果が出せず、いらだったこともある。

クレメン・ハワード――あの安宿で確かに自分の目の前に立っていた男は、ハリウッドでは声をかけることもできないほど遠い存在だった。その距離に愕然《がくぜん》とするくらいだ。

無数にいる俳優の卵たちが、あの男に会うことを――ただ、あの男の目の前に立つことを夢見て、毎日を生きているのだ。

あの時の自分は、宝くじに当たるくらいの幸運だったのだ――、などと、当時は知るはずもない。

ようやくジーンがチャンスをつかんだのは、五年が過ぎた頃だった。脇役の一人だったが、新しく始まったテレビドラマでのレギュラー出演が決まったのだ。

そのドラマで、ジーンはあっという間にブレイクした。

元海兵隊員という経歴と相まって、均整のとれた肉体と、男っぽく野性的な容貌《ようぼう》。クールでセクシーな青い瞳は、テレビの前の女性を熱狂させた。

スタート時は単に脇役の一人だったが、あっという間に出番は増やされ、シーズン2に入る頃には重要なメインキャラクターの一人になっていた。

やっかみも嫌がらせもプレッシャーもあったが、そのすべてを撥ねのけていた。

——ようやく一歩、あんたに近づいたぞ……。

男の名前が印刷されたポスターを横目に、そんな興奮に武者震《むしゃぶる》いするくらいで。

そのドラマの映画化が決まり、別の映画でのオファーもあり、それからは順調に仕事が入り始めた。

なるほど、ハリウッドは一夜で夢が叶《かな》い、立場が逆転する場所だ。

昨日まで自分を怒鳴りつけていたスタッフが、今日は猫撫で声で予定を聞いてくる。

初めての主演映画は悪くない興業成績を残し、その第二弾が打診されたが、それをジーンは断った。

ちょうど、クレメンが新しい映画のキャスティングに入ったと耳にしたのだ。

そして志願して、そのオーディションを受けた。

ジーンはひさしぶりに緊張するのを感じていた。

オーディション自体、そういえばひさしぶりでもあったが、ようやくクレメンと直《じか》に会えるのだと思うと、叫び出したいような気分だった。

どんな顔をするだろうか？

目の前に「俳優」として現れた「人生に拗ねていた可愛い男の子」を見たら。

そんな期待と興奮で、前の晩はベッドの上で子供みたいにはしゃいでしまうくらいに浮かれていた。

そして、オーディション当日——。

部屋に入ると、何人かの男女が殺風景な部屋の中に腰を下ろしていた。

キャスティング・ディレクターや脚本家、プロデューサー…、そんな役割の人間だろうか。

そして、クレメンが。

ふっと何気なく顔が上がり、目が合った瞬間、ジーンは無意識に息を止めていた。

しかしクレメンの表情は特に変わらず、手元の資料を確認して隣の女性に一つうなずいただけだった。

その反応に、ジーンは愕然とする。

まさか…、と思ってしまった。

自分のことをテレビで見かけて知っていれば、ひさしぶりだね、くらいの言葉はあるかと思ったし、もし知らなければ、君は…、という驚きがその顔に見られると思っていた。

そうしたら、「あなたの前にもう一度立つことを望んだのだ」と言うつもりだった。

――しかし。

覚えて……いないのだろうか?

あの時のことは。

「ユージン・キャラハンさん?」

どれだけ呆然としていたのか、キャスティング・ディレクターらしい女性のきびきびとした声で、ようやく我に返ったくらいだ。

正直、この時、ジーンは自分がどんな演技をしたのか、よく覚えてはいない。

この五年、歯を食いしばるようにして必死にやってきたことが、結局は一人相撲《ずもう》だったようで……、むなしさと悔しさがこみ上げていた。

それでもその時はなんとか受かったらしく、順にふり落としていく形で、オーディションはそれから五回、行われた。

その頃には脱力感がふつふつとした怒りにとり代わり、いいだろう…、という、挑戦的な気持ちになっていた。

だったら思い出させてやる――、と。

最終オーディションでは、その怒りが気迫につながったのか、ジーンはその役を勝ちとることができた。

「アップル・ドールズ」の主演だ。

よろしく、とクレメンともにこやかに握手を交わしながら、「忘れてんのか、このやろうっ！」と怒鳴りつけたい衝動を必死に抑えていた。

……いや、冷静に考えればあたりまえのことなのだろう。

クレメンにとって自分は、五、六年も前に一瞬、すれ違った程度の人間だ。

旅先で出会う人間は多く、カメラに収めた人間も数多くいたはずだった。そうでなくとも、毎日大勢の俳優たちを眺め、テストしているのだ。

――自分のことなど、いちいち覚えているはずもない……、か。

あきらめとともに、そんなふうに思ってはみたが、結局、撮影に入ってもジーンはそのことをクレメンに伝えることはなかった。

撮影中に、何かの拍子に思い出すのではないか…、とそれでも期待していたところがあったし、あるいはすでに意地になっていたのかもしれない。

今までとは勝手の違うかなりハードな撮影で、ついていくのに精いっぱいだった、というのもある。

だが力を尽くしただけのことはあって、「ＡＤ」は世界的な大ヒットを飛ばし、それとともにジーンも一躍《いちやく》、ハリウッド・スターの仲間入りを果たすことになった。

その後、二本の主演作品を撮り、どちらも全世界へ向けて公開されて、大きな成功を収めた。

パパラッチに追いかけられ、私生活が切り売りされるという代償はあったにしても、ジーンとしては戦いに勝った、と言えるはずだった。

そんな中、満を持して「ＡＤⅡ」の制作が打ち上げられ、ジーンにも引き続き打診があったのは、当然の流れだっただろう。

主演俳優としてのジーンの人気、演技力への評価も固まっていたから、スポンサーサイドも配役を変えるということは考えられなかったはずだ。

だがこの契約時、ジーンはなかなかサインをしなかった。

ワガママなハリウッド・セレブさながら、気が乗らない、とか、少し考えさせてくれ、とか、返事を延ばしていた。

ギャラなどの条件を釣り上げるための手段だと思われたようだが、ジーンにしてみればギャラは大きな問題ではなかった。結局、脚本を見て、監督と話し合ってから決めさせてもらう、という返事を出した。

目的は、クレメンとサシで話し合うことだ。

映画制作では、実際の撮影に入る前の下準備がかなり煩雑で大変になる。さまざまなスタッフの人選や、脚本のブラッシュ・アップや、資金集め――などだが、クレメンのもとにはふだんから気心の知れているスタッフが多く集まっていたし、第二弾ということで、ほとんどメンツも変わらずに引き継がれている分、精神的にも気楽だろう。世界的なヒット作の続編ならば、資金も集めやすい。

おそらくは、主演俳優がぐずっている、ということだけが、この時点では最大の問題だったかもしれない。

約束の時間、ジーンの滞在するホテルのスイートにクレメンは訪ねてきた。さすがに現場ではないので、軽いジャケット姿だ。

もっとも黒縁の眼鏡は相変わらずで、出会った頃からまともに年をとっているような気がしない。年はもう四十を過ぎているはずだが…、あの頃が老成していたのか、今が若く見えるのか。

おたがいにおたがいのフィールドで仕事がいそがしく、二年前の前作のプロモーション以降、こうしてまともに会うのはひさしぶりだった。たまに、パーティーや何かの席で一緒になるくらいで。

こうしてあらためて目の前にすると、なぜかドキリ…、としてしまうのが、自分でも不思議だった。世紀の美女、というわけではない。名前を知らなければ、ちょっと小難しげな、しかしどこにでもいるような平凡な男に過ぎないのに。

――覚えてないのならそれでもいい……。

この時のジーンは、そんな気持ちだった。

いつの間にか、あれからもう十年もたったのだ。一気に自分の属する世界が変わったこの数年は、本当にあっという間だった。

だが、あんたにあの時言われた言葉に引きずられるようにここまで来た自分はどうなる――、という理不尽な怒りが、いつまでも消えずに身体の中にくすぶり続けていた。

だがそのおかげで、十年前は想像もしていなかった今の自分の名声や財産が生まれ、こうしてホテルではスイートに泊まれる身分にもなったわけで、実際のところ、感謝こそすれ、文句を言う筋合いではないはずだったが。

理性では、そのことはわかっていた。

しかし感情が納得していない。

この男に思い出させたかった。驚かせたかった。もうチョコレートをもらうような男の子ではないのだと――教えたかった。

――そのカラダに、だ。

「何か気に入らない点でもありましたか？」

挨拶《あいさつ》もなく、立ったまま、クレメンが眼鏡の奥でわずかに目を瞬《またた》かせて尋ねてくる。

怒っているようではないが、少しばかりいらだっているだろうか。

そうだろう。クレメンにとっては、実際の撮影に入る前の、こんな事務的で面倒《めんどう》な作業には関《かか》わりたくない、というのが本音のはずだ。

そういえば、クレメンが怒っているところは見たことがなかった。撮影現場で指示やリテイクを出す時にもいつも穏やかな口調だったから。

他の監督の現場だと、興奮のあまり怒鳴り散らすこともめずらしくはなかったので、むしろクレメンの方がめずらしいのだろう。

実際、撮影現場ではままならないことの方が多い。

俳優の演技――も、そうだろうが、天候とか、機材の不備、不調とか。次第に押されていく時間とか、予算オーバー《オーバーバジェット》とか。

「条件的な問題なら、私よりもマーティーと話した方が早いとは思いますが」

相変わらず淡々とクレメンが続けた。

マーティーというのは、一作目からの「ＡＤ」のプロデューサーを務めている男だ。

「条件といえば条件だが、あなたにしかできないことなんでね」

ジーンはあえてゆったりとした様子で、大きなソファにどさり…、と腰を下ろした。

「私にしか？」

クレメンが意外そうに首をかしげる。

「脚本に問題が？」

「いや、そうじゃない。……欲しいモノがね、あるんです。それを手に入れておかないと、妙に落ち着かなくてね」

ジーンは膝の上で指を組みながら、ゆっくりと言った。

「君はもうたいていのものは手に入れていると思いますが」

非難している、とも思える言葉だったが、クレメンにとっては事実を述べただけなのだろう。

「そう…、あなたのおかげでね」

ジーンは低く笑った。

それでも満たされないものがあるのも……やはりこの男のせいなのだ。

――望むことは何でもできる。

自分にそう言ったのは、この男だった。

その責任はとってもらわなければならない。

「あなたは俺の出演を望んでいますか？」

静かに尋ねたジーンに、クレメンが短く息をついた。

「もちろんですよ」

何を今さら…、という口調だった。

「スポンサーの意向で仕方なく、ということではないんですか？　俺を使わなければ金を出さないとでも言われたんじゃ？」

いかにも皮肉なジーンの言葉に、クレメンが眉をよせる。

「誰かがそんなことを言いましたか？」

「いや…、そうじゃないけどね。あなたが本当はどう思っているのかと」

なかば挑むような目で、ジーンは男を見上げて言った。

それをまっすぐに見つめ返してから、クレメンは片手で眼鏡をとった。軽く指先でまぶたを押さえるようにして、そっと息を吐く。

「私の態度で何かあなたを不安に思わせるようなところがあったとしたら、それはあやまります」

人によっては慇懃無礼《いんぎんぶれい》にも聞こえるだろう、淡々とした口調だった。

「けれど他の役者で『ＡＤⅡ』を作ろうとは思っていません。脚本もあなたのイメージで進めたのですから。あなたが使えないのでしたら、この企画は流しますよ」

さらりと続けられた言葉に、ジーンは思わず息をつめた。

身体の奥底から、じわり…、と熱い喜びが湧《わ》き上がってくる。

自分でも驚くほど、クレメンの言葉はジーンの感情を揺さぶっていた。

この男が自分のために企画を上げ、脚本を書いたのだ——、と。

それだけで報われた気がした。

正直、この言葉だけでいい、と思えるくらいだった。出演の条件としては。

……いや。

ジーンはだらしなく緩みそうになる頬《ほお》の筋肉をあわてて押さえこみ、気持ちを引きしめる。

「わかりました。そう言ってもらえるんでしたら、俺も最高の作品を作るために力を出したいと思いますよ」

腹に力をこめ、なんとか落ち着いた声を押し出す。

「ただそのために、……言ったでしょう？　俺の方にも欲しいものがね…、あるんですよ。モチベーションを高めるため、と思ってもらっていいんですが」

そして、いかにもな軽い調子で口を開く。

「何でしょうか？　こちらで用意できるものならかけ合ってみますが？」

指先で眼鏡を直し、クレメンが静かに尋ねてくる。

ふり仰ぐように立ったままのクレメンに視線を合わせ、ジーンは言った。

「あなたのカラダ」

その言葉に、クレメンがわずかに目をすがめる。その意味を推し量るように、じっとジーンを見つめてくる。

しかし視線をそらすこともなく、冗談にして笑い出すこともないジーンに、それがそのままの意味だと悟ったのだろう。

「それは私と寝たい、ということですか？」

いつもの冷静な声が確認してくる。

「厳密には抱きたい、と言った方が正しいかな」

ジーンはにやりと笑って指摘した。

クレメンがそっと肩で息をついた。

「エージェントから君がずいぶんごねていると聞きましたが…、条件というのはそんなことでいいんですか？」

ただ瞬《まばた》きを二、三度して、表情も変えずに言い放った男に、ジーンは一瞬、声が出なかった。

確かに、十年前誘ったあの時も、セックスにたいしてあまり関心を持っていたようではなかったが
……。

「私の身体のどこがいいのかわかりませんが、そんなことでいいのなら」

そしてあっさりと返され、なぜかカッ…と頭に血が昇る。

――私がいい、と言われるんでなければ、じゃなかったのかっ！

と、思わずそう叫びそうになる。

自分勝手な、理不尽な怒りだとはわかっていた。自分が言い出したことなのだ。

……自分が何をしたいのか、ジーンはだんだんとわからなくなっていた。

ただ、あの時の借りを返したかったのか。ただ、この男のうろたえる顔が見たかったのか――。

拒否して、ほしかったのだろうか？

私がいい——と言ってくれる相手でないのなら。

「あなたは…、そういう条件をつけられたら誰とでも寝るんですか……？」

知らず膝の上で拳《こぶし》を固め、押し殺した声でジーンは尋ねていた。

「こういう物好きな条件をつけようとする人は他に知りませんから、答えようがありませんね」

それに、ある意味、正論な答えが返ってくる。それが余計に歯がゆい。

もしかすると、この男はわかっていて俺をいらつかせているのか……？

と、勘ぐってしまうくらいだ。

「確かに私しかできないことでしたら、仕方がないでしょう」

鼻の上の眼鏡を直しながら、やはり淡々とクレメンが言った。

「ただし」

と、ふいに強い口調に変わる。

「撮影が終わってからにしてください。撮影中はいっさい受けつけません。集中できないと困りますし、体力的にもきつくなりますから」

その有無を言わせない調子に、いくぶんたじろぎながらも、ジーンは鼻を鳴らした。

「撮影中、俺にずっと禁欲しろと？」

「そんなことは言いませんよ。……まあ、それができるのなら、エージェントや広報は安心するかもしれませんが」

いくぶん皮肉を交えているのか、かすかにクレメンが微笑む。

確かに、ハリウッドで知名度が上がって以来、入れ替わりガールフレンドを連れて出歩いているジーンの姿は、イエローペーパーにもよく載っている。

「まあ…、相手に困るわけじゃないからな」

ジーンはわざと露悪的な調子で言った。

「結構」

と、クレメンもビジネスライクに返してくる。

「この話し合いの結果を契約書に盛りこみますか？」

「冗談でしょう」

足を組み替え、ジーンは吐き捨てるように言った。

「あなたと俺がわかっていればいいことですよ」

「では、そういうことで。契約書をまわしておきます。今度はサインしてもらえるとありがたいのですが。……ああ、参考までに聞いていいですか？」

言いながらドアの方へ歩き出し、ノブに手をかけたところで、クレメンがふと思い出したようにふり返る。

「なぜ、私を？」

まあ、当然の疑問ではあるのだろう。

ジーンは軽く唇をなめ、そっと口をひらいた。

「あなたに興味があるんですよ。あなたのすべてに、ね」

その言葉に、クレメンはわずかに瞬きする。

「光栄です、……と、言うべきなんでしょうかね……」

つぶやくように言って、肩をすくめた。

「そうそう、来月の制作発表には同席をお願いします」

それだけを言い残すと、では、と落ち着いた様子でクレメンは部屋を出た。

そのドアが閉まる音を聞きながら、ふぅ…、とジーンは大きく息をついた。

――やっぱり、思い出さない、か……。

ここまで言っても。

あの時と同じようなシチュエーションだったはずだ。

理不尽に、ジーンが脅して。

ただ十年たった今は、自分の立場が少し強くなった、というくらいか。

いや、立場で言えば同じなのだろうが、駆け引きができるようになった、というのか。

ジーンはソファへ身体を投げ出すようにして、足を持ち上げる。

バカみたいだな…、と、ちょっと皮肉な笑みが浮かんだ。

あの時、クレメンの言った言葉にしがみつくようにして、ここまで来たはずだったのに。

だが、言った本人は覚えてもいないわけだ……。

たっぷり映画一本の撮影分、顔をつき合わせていたのに、だ。

……いいだろう。

と、思う。

ジーンは深く息をついた。

見せつけてやればいいだけだ。自分の姿を。
今までとは違う。今度の映画は、あの男が自分を望んだのだ。
そして撮影が終わったら――教えてやろう…、と思う。
そのカラダにも――だ。

◇　◇

「ランチ！」

助監督《セカンドAD》の合図で、待ちかまえていたスタッフたちがいっせいに食堂車《トレーラー》へと走り出す。

組合《ユニオン》の規定で細かく時間の決められている撮影現場では、食事もコーヒーブレイクも時間通りだ。

「やっぱり、すげー…。完全に出遅れたカンジ…」

ジーンたちにすれば日常のそんな風景を、感心したような、あきれたような目で依光《よりみつ》が眺めていた。

こうした大規模なロケが初めてだったのか、そういえば撮影の始まった最初の頃は、千波も驚いていたようだが。

片山《かたやま》依光――は、日本のサムライ俳優で、千波の恋人だった。はるばる極東の島国から、この砂漠の真ん中にあるロケ地まで会いに来たらしい。

実を言うと、一週間ほど前、一日オフだったジーンが羽を伸ばしに出たもよりの街で拾い、ここまで連れてきてやったのである。

三週間ほど滞在するらしく、千波のトレーラーに転がりこんでいるが、ほんの数日でこのロケ現場にも馴染んでいた。

日本人というのはもっとシャイな人種かと思っていたが、依光はかなり大胆で、好奇心も旺盛《おうせい》なようだ。屈託がなく、率先して雑用を手伝ったり、自分からスタッフに話しかけたりしている。

「日本のロケ地では、ランチはどうやってとるんです？　――ああ…、一緒に食事をとらせてもらってよろしいですか？」

ランチ・レースに加わらず、のんびりと後ろからやってきたクレメンが、相変わらず丁寧な口調で尋ねてきた。

ええ、もちろん、と千波が微笑む。

一緒にたらたらと歩いていた依光もそれにうなずいたが、ジーンは少し、自分が身構えてしまうのがわかった。

クレメンとはもちろん、前作からのつきあいで――厳密に言えば十年前に会っているが、クレメンは覚えていないのだ――監督と主演俳優という間柄で。

本来ならば、もっと打ち解けた、気安い関係になっていていいはずだった。

だがジーンは、クレメンと二人きりで話したり、何気ない雑談をしたりすることさえ、なかった。

もっともそれは、ジーンのせい、というより、誰に対しても一定の距離をとるような、クレメンのスタンスのせいだろう。

決してよそよそしい、ということではないのだが、なにしろ「教授《プロフェッサー》」だ。一人で思考していることが好きらしい。

ジーンは、こうしたロケ地でも時々、小さなパーティーなどを開いて、それなりにスタッフとの交流もはかっている。が、クレメンはそうしたにぎやかな集まりが、あまり得意でないらしい。

……もちろん撮影前にあんな条件を出されたのだ。うかつに近づきたくない、という気持ちも——あって当然かもしれないが。

だが、クレメンにそういう意味でのとまどいは見られなかった。

撮影に臨む様子も、他の役者に対する接し方も同じで、ことさらジーンを意識しているようではない。

普通、ああいうことを言われたら、もう少しとまどうとか、動揺するとか、してもいいんじゃないのか？

……という気がするのに。

ジーンにしてみれば、クレメンの反応が見たかった、というのもあるのだ。

この男に自分の姿を見せつけて。

自分がモーションをかけたのだ。このユージン・キャラハンが。

雑誌の「セクシーな男性」のアンケートでは二年連続でベスト3に入っている男が、だ。

この撮影が終わったら、あんたを抱く——と宣言したわけだ。

十年前の様子から、そういうことに偏見がないのはわかっていた。

それだけに、もっと何か……あっていいと思うのに。

なのに、自分だけが意識しているようで、バカみたいに思えてくる。

無意識のまま、ジーンはちょっと、クレメンの横顔をにらんでしまった。

「うーん…、大きな映画だとケータリングの時もありますけど…、日本の撮影現場では、たいてい弁当が配られるんですよ」

クレメンの何気ない質問に依光が答え、な？　と横の千波に同意を求めるのに、千波がうなずいている。

「時間も決まっていないので、みんな、空いている時に急いで食べるんです」

ほう…、と、顎を撫でながらクレメンが興味深げにうなった。

こちらの食事はバイキング――基本的にセルフサービスの食べ放題という形式だ。肉、魚、野菜、チャイニーズや和食のメニューもある。

「しかしそれだと、自分の好きなものが選べませんね」

クレメンのそんな言葉に、クッ…、とジーンは思わず喉を鳴らした。

「あなたは意外と好き嫌いがあるみたいだからね。子供みたいに」

どうやら、ニンジンとかピーマンとかほうれん草とかがダメらしい。皿の端の方により分けられているのを見たことがあった。

いつぞや、「可愛い男の子」と言われたことを、ジーンはいまだに根に持っている。

……もっとも、クレメン自身は、目の前の男がその「男の子」だとは気づいていないようだが。

「いくつか苦手なものがあるだけですよ」

それにいささかムッとしたように、クレメンが言い返してきた。案外、意地っ張りでもあるらしい。

「けど、それだと食う頃には冷めてるだろ？　まずそうだな…」

並んでいる列にたらたらと向かいながら、ジーンは眉をよせた。

「日本の弁当は、冷めてもおいしく食べられる料理になってるんだよ」

「それに最近では、食べる前に温められるようになってる弁当の容器もあるし。ほら、使い捨てカイロみたいなのを使って」

千波が説明したのに、依光が補足する。

「へぇ…」

と、ジーンも感心した。

使い捨てカイロなどはアメリカにはないが、千波にもらってジーンも重宝したことがある。

「日本人はそういう細かいとこに発想がいくんだよな…」

思わず、うなるように言った。

そんな細かさは、千波の演技にも表れているように思う。

指先まで神経を行き届かせる繊細さ、というのか。

自分などはもっとおおざっぱで——よく言えば、ダイナミック、なのだろうが。

「……と、俺も食っていいですか？」

トレイを手にしながら、今さらのように尋ねた本来部外者である依光に、にこにことクレメンがうなずいている。

「当然ですよ。いろいろと手伝ってもらってますからね」

とりあえず、各料理のブースを流れながらそれぞれに好きなものをとったものの、まとまった席がなければ、適当に分かれてすわることになる。が、幸い、一番早く食べ始めていたらしい一団がテーブルを譲ってくれて、そのあとに四人一緒にすわりこんだ。

会ってからほんの数日だが、早くも依光はクレメンのお気に入りらしい。めずらしいことだ。

依光はクレメンの作品をすべて観《み》ているらしく、……いや、彼の映画だけでなく、映画自体が好きなのだろう。古今東西、かなりの数を観ているようだ。クレメンと、よく撮影の合間にやたらと細かい話で盛り上がっている。二人とも、マニア気質なのだろう。オタク、というのか。

ジーンには真似《まね》のできないことで、……何となく、ため息をついてしまう。

ジーンは映画少年、という子供時代ではまったくなかったし、特に記憶に残る映画とか、好きな監督とか、夢中になった俳優とか、女優でさえ、思いつかない。

代わりに、好みのプレイメイトの名前を挙げることはできる、というあたりに、ジーンの青春時代がたやすく象徴される。

――考えてみれば、クレメンと自分との間には、「仕事」としての映画以外、まったく、何の共通点もない。

むろん、クレメンのプライベートについては何も知らないし――もっともこの男には、趣味も休日の過ごし方も「映画」なのかもしれないが。

なにしろ、休みに自分の足でロケハンをしているくらいだ。

撮影を離れて、プライベートで会ったとしても、きっと何を話していいのかわからないだろう……。

――まあ、別に恋人というわけじゃなし、仕事以外に共通の趣味を見つける必要もないわけだが。

「……ジーンはちょっと見、恐そうで、言いたいことも言うし、要求するところは要求するけど、でも何のかんのとクレメンには従順だよね」

「えっ？」

と、ふいに耳に入ってきた千波のそんな言葉に、ジーンは思わず声を上げていた。

ぼんやりしていたらしく、話の流れがわからない。

「前の現場では結構、監督とやり合ったって聞いたよ」

シーフード・バーでとってきたマグロの刺身を器用に箸《はし》で摘《つま》み上げながら、千波がさらりと続けた。

「誰が…、そんなこと言ったんだ？」

ジーンは思わず、うろたえてしまう。いや、別に他の監督とやり合っていたことを言われるのはかまわないのだが。

「スタッフ、かぶってる人も多いよ」

くすくすと千波が笑った。

案外、人が悪い——というか、悪意はないのだろう。別にからかっているつもりも。

「ほう…、そうなんですか？」

クレメンがミネストローネを食べていたスプーンを止めて、ふと顔を上げる。

「前の監督って？」

やはり箸を使ってカリフォルニアロールをつっついていた依光が口を挟んだ。

「まだ日本では公開されてないかな。『スイッチ・バック』って映画。ジャック・ミルズ監督だっけ？」

「あぁ…、結構頑固そうだもんな」

作風からのイメージなのか、インタビュー記事でも見たのか。密《ひそ》やかに笑った依光に、ジーンはいくぶんあわてて、話をそらすように口を開いた。

「クレメンは監督としてはどうなんだ？　日本とはやっぱり、やり方が違うんだろ？」

「やり方は監督それぞれだから…、なんとも。でも、クレメンはわりとまわりの意見を採《と》り入れる方ですよね」

千波がやわらかく微笑んで言った。

そう…、頑固な監督だと絶対に自分のイメージから動かさないものだが、クレメンはスタッフや役者からでも何か意見があると必ず検討し、そちらの方がいいと思えば、ためらわずに変更する。

もっとも、自分が別の方がいい、と思えば、必ずそれを通すわけだが。

「記録映画とか、ヒューマンドラマ系の作品を撮りそうな雰囲気ですよね。実際に会って、ちょっとびっくりしましたよ」

依光もおもしろそうに言った。

「そういう映画も嫌いではありません。でも娯楽映画が好きなんですよ。私自身はあまり運動の得意な子供ではありませんでしたからね。引きこもって冒険物の本ばかり読んでいたんです」

「ヒーローになりたかったんですか？」

「ええ…」

楽しげな依光の問いに、かすかに、はにかむようにクレメンが微笑んだ。

「現実の私ではなれなくても、監督になれば理想のヒーローを創《つく》り出すことができるでしょう？　自分が冒険している気分になれる」

「わかります」

と、静かに千波がうなずいた。

「……おまえもヒーローになりたかったのか？」

いくぶん真剣な面持ちだった千波に、ちょっと意外そうに依光が尋ねている。

「ヒーローになりたいわけじゃないけど…、そういう役を演じていると、いろんなことに強くなれる気がするだろう？」

そんなふうに答えた千波に、依光がそっと千波の背中を撫でるようにして手をおいた。大丈夫だ、と言うみたいに。

そしてふっと顔を上げると、ジーンとクレメンとを見比べるようにしてにやりと笑った。

「じゃあ、監督にとってはジーンが理想のヒーローというわけですか？」

「えっ？」

ちょっとからかうように言った依光の言葉に、ふいにジーンはドキリ、とする。

『他の役者で「ＡＤⅡ」を作ろうとは思っていません。脚本もあなたのイメージで進めたのですから』

あの、クレメンとの間で契約を交わした時――。

そう言ったこの男の言葉を思い出して、胸がざわめいた。

自分は、この男にとって理想のヒーロー像だったのだろうか……？

知らず息をつめて、クレメンの答えを待ってしまう。

クレメンは特にあわてたふうもなく、紙ナプキンで口を拭いながら、そうですね…、と小さくつぶやいた。

そして、さらりと続ける。

「そうなってもらいたいものですね」

……つまり、今は理想というわけではない、という言い方で。

いくぶん挑戦的な眼差しが、穏やかな表情の眼鏡の奥からかいま見える。

ジーンはムッとして、無意識に男を横目ににらんだ。

「俺では不満ですか？」

役者としても――つまり、ベッドの相手としても、まだまだだ、と言われている気がした。……いや、まあ、それはうがちすぎなのかもしれないが。

「最後まで撮ってみないと、結論は出ませんね。頭の中にあるイメージをそのまま形にするのはやはり難しいですから」

すかした様子でそんなふうにかわされ、ジーンはむっつりとしたまま、エビのフリッターをフォークで突き刺した。

あるいは、この男にとって――監督にとって、自分はただの道具というだけなのだろうか…？

自分の世界を創り出すための。

それはそれで、かまわないはずだった。ある意味、正しくもあるのだろう。

だがそれが、なぜか無性に悔しく思えた――。


「――あ、キャラハンさん！　すみません、ちょっといいですか？」

ランチのあと、千波たちと別れて出番まで家で待機していようと歩き出したジーンの背中に、ふいに声がかかった。

ふり返ると、このロケ地の警備をしている男のようだ。制服代わりの見慣れたジャンパーにサングラス。銃も携帯しているのだろう。

「何？」

直射してきた太陽に目を細めながら気軽に聞き返したジーンに、すみません、と恐縮しながら、男が口を開いた。

「いや、なんか…、あなたの身内だっていうヘンな女が来てるんですよ。イカレたファンだと思うんですが、……あの、妙な写真を持ってて」

「妙な写真？」

ファンに追いかけられること自体はめずらしくもないが、いかにも言いづらそうな男の口調に、ジーンは首をひねった。

恥ずかしい隠し撮りとか…、よくある、有名になる前のＡＶ関係の写真とか——だろうか。

もっともジーンに、そうした仕事の心当たりはなかったが。

「あ、いや、合成だと思うんですけどね…、あなたとの…、その結婚式の写真だとか、……ええと、あなたと赤ん坊が一緒に写ってる家族写真だとか」

男の責任ではないはずだが、ますます口ごもるように男が説明する。

「結婚式？」

——ハァ？　と、さすがにジーンも顔をしかめた。

無実の証明はたやすいが、さすがにそんな妄想めいた写真をばらまかれでもしたら面倒だ。

あのユージン・キャラハンに隠し子発覚！　みたいなゴシップ誌のヘッドラインが目に浮かぶ。

「摘み出していいですよね？」

確認されて、ジーンは大きくうなずいた。

「ああ。タチが悪そうだ。よろしく頼むよ」

そう答えた時だ。

「ひっどっ――い！」

男の背中から、いかにもファンキーな甲高い女の声が響いてくる。

「おまえ…っ、いつの間にっ！」

男があせってふり返り、ジーンも無意識にそちらに目をやると。

「ハイ、ジーン！」

見慣れた美人がにこにこと大きく手をふっていた。

「カーラ⁉」

思わず、声を上げる。

えっ？　と警備の男が混乱したように二人を見比べた。

その瞬間、謎《なぞ》が解ける。

「……悪い。確かに身内だよ」

額を押さえ、肩で大きなため息をつきながら、ジーンはうめくように言った。

いいんですね？　という男の念を押すような確認と、だから言ったでしょ、というカーラの勝ち誇った声が交わり、男と入れ替わりにカーラが近づいてくる。

そしてジーンの前で腕を組むと、いかにもな様子で見上げてきた。

「ずいぶんな言い方じゃなぁい？　はるばる顔を見に来た可愛い妹に」

なじるような言い方だったが、冗談だとはわかっている。

「君がわざと誤解させるような言い方をしたんじゃないのか？」

双子の弟との結婚式の写真。そして、子供との写真。

並んで立てばわずかな差異にも気づくだろうが、写真を見たくらいなら見間違えるほどには、自分と弟とはよく似ている。

それに、すっとぼけたようにカーラがあさっての方を向いて言った。

「だって、みんなびっくりするからおもしろくて、……ね」

ジーンが双子だということは、別に隠してはいないが、いきなり写真を見せられるとやはり驚くらしい。

そしてあらためて、ひさしぶり、としっかりと抱き合い、挨拶のキスを交わした。

「びっくりしたよ。どうしてここに？」

「ニューヨークの雑誌社に用があって。今度、雑誌にエッセイの連載を任せてもらえるようになったのよ。それなら家にいてもメールでやりとりできるでしょ」

「すごいじゃないか」

相変わらず行動的だな、と思いながら、ジーンも素直に喜ぶ。

「だから子供たちはオリバーに預けて、打ち合わせに行ってきた帰りなの。ちょっとよってみよう、って思って」

「方向、逆だろ？　ちょっとよるような場所じゃない」

ジーンが苦笑したのに、カーラがちらりと舌を出す。

「ミーハーなのよ。一度くらい、見てみたいじゃない？　撮影風景って。せっかく身内が人気俳優なんだし？」

「言ってくれれば迎えを出したのに」

そうすれば、ゲートであんなにもめることもなかったわけだ。

「驚かせたかったのよ。打ち合わせの時間次第、ってところもあったし…。でも幸い、予定より早く終わったから」

あっさりとカーラが肩をすくめてみせる。

「どのくらいいられるんだ？」

「明日一日。あさっての朝には帰るわ。子供たちの顔を早く見たいしね」

さすがに母親の顔になって微笑んだ。

ジーンが役者を目指した頃、生まれたての赤ん坊だった甥《おい》っ子は、もう十歳だ。今はその下に小さな妹もいる。

「あなたに会ってきたってバレたら、ずるい、ってギャーギャー言われそうだけど」

「一緒に連れてきてやったらいいのに。何かエキストラで役がつくかも」

子供たちにはいい記念だろう。

「新学期が始まったばかりだしね。でも学校でも、あなたは自慢の伯父さんなのよ」

「伯父さんね…」

くすくすと笑うように言われて、ジーンは肩をすくめた。

だが自分に懐《なつ》いてくれる甥っ子や姪《めい》っ子のことは、ジーンもずいぶんと可愛がっている。

とりあえず、カーラの荷物を家におきに行こう、と歩き出したところで、遅れてランチに走っていたスタッフとすれ違った。

「——ジーン！　見慣れない美人を連れてるじゃないか。どこで引っかけた？」

人聞きの悪いことをにやにやと尋ねられる。

ふだんからゴシップ誌をにぎわしている義兄《あに》の、軽やかな恋の噂《うわさ》は聞き及んでいるのだろう。ふぅん？　という目つきで、カーラが眺めてきた。

「妹のカーラだよ」

そう紹介したジーンに、妹ねぇ…、と、いかにもなしたり顔で男はうなずく。

まともに信じてはいない様子だった。

家族の近況などを聞きつつ、ここまでレンタカーで来たカーラを少し休ませてから、撮影の再開に合わせてジーンはロケ地の中を案内してやった。

が、押しかけてきたジーンの「妹」のことは、本当にあっという間にロケ地内に広がっていたらしい。

外では遊んでいても、今までジーンが現場に「恋人」を連れこんだことはなかったし、……まあ、それだけに深いつきあいだと思われたのだろう。

カーラは間違いなく「義妹」で、決してジーンがウソをついたわけではなかったが、どうやらそれをそのままに受けとっている者はいないようだった。

今つきあっている女を、妹のふりで連れこんだ、という。

暗黙の了解――のつもり、というのか。

妹だ、と紹介しても、男たちはわかっている、という顔でうなずくばかりで。そして、女たちはいささか素っ気なく――だが、値踏みするような目でカーラを眺めていた。

「私、誤解されてるみたい？　ちゃんとスタッフに説明した方がいいんじゃないの？」

「いいよ、別に」

カーラの方が心配そうに言っていたが、ジーンはひらひらと手をふった。

「誤解させといた方が楽だしな」

さすがにそろそろ、オフのたびに毎回違う相手を街へ連れて行くのにも疲れていた頃だ。

いや、連れていくだけならいいのだが、うっかり本気でアプローチされても困る、というか。

ジーンに今、つきあっている相手がいる、ということになれば、おたがいにロケ地だけのつきあいだ、と割り切って遊べる。

「あきれた。私は虫除《むしょ》けなの？」

「人気俳優はいろいろと苦労が多いんだよ」

にやり、と笑って言ったジーンに、カーラが嘆息した。

「自分で言ってれば世話がないわね」

それでも、カーラはそつなく、当たり障りなく、スタッフや役者たちに対応してくれている。そのへんはやはり、雑誌社で働いていた経験だろう。

時折、見慣れない機材を見かけたら、スタッフに名前やら使い方やらを熱心に質問し、メモをとっているところをみると、案外、そのあたりもエッセイの材料にするつもりなのかもしれない。

ジーンもできるだけ後押しはしてやりたいし、できることに協力は惜しまないが、カーラに芸能方面の記事を書くつもりはないだろう。その私生活などは。

興味があるとすれば、華やかな表舞台ではなく、おそらく裏方の方だ。

スタッフと話しているカーラをおいて、ちらっとあたりを見まわすと、撮影はちょうどカメラテストをしているところだった。

クレメンがじっとモニターを眺めている。

監督がわざわざテストをチェックするほどのことはないだろうが……と思ったら、どうやら依光がカメラの先に立っていた。位置合わせでも頼まれたのだろう。

だが、モニターを見つめるクレメンの目はかなり真剣なものに思えた。

何気なく、ジーンもその背中からのぞきこむ。

何ということもなく、ただ立っているだけ。

カメラマンに言われるままに、横を向いたり、ふり返ったり。

それで影の位置や、色調、明るさを確認するのだ。

が、まっすぐにカメラに向けられた依光の視線に、ドキリ…、と心臓を射貫くような強さ、存在感があった。

クレメンもそれを感じるのだろう。

無意識のように親指で唇を撫でていたが、ふいに横を向いてスタッフの一人に言った。

「彼の…、依光の資料を集めておいてもらえますか？　急がなくてもかまいませんから」

はい、とうなずいて、確かプロダクション《P》・アシスタント《A》の若者があたりを見まわし、メモを探すように席を立った。

クレメンの目は相変わらず、依光を追っていて。

そんなクレメンの様子に、ざらり、となぜか不快な思いがこみ上げてくる。

――嫉妬《しっと》……だろうか？　役者としての。

主演の俳優を差しおいて、他の役者に目を向けることへの。

……だがそれは、あたりまえのことなのだろう。監督ならば、常に次を考えなければならないのだろうから。

それは理解しているつもりだったが。

「ずいぶん、お気に入りですね」

ジーンは何気ない様子で声をかけた。

まわりにクルーの行き来は多かったが、誰もが自分の仕事にいそがしく、二人の会話を気にとめている様子はない。

ようやくジーンの存在に気づいたように、クレメンが軽く肩越しにふり返る。そして眼鏡を軽く指先で直しながら言った。

「ええ、興味はありますよ。彼の演技をきちんと見てみたいですね」

なるほど、天下のクレメン・ハワードにこれだけ言わせられれば、売りこみとしては成功だろう。

ただ依光にその気が――ハリウッドに積極的に進出しよう、という気があるようではなかったが。

もちろんこの業界の人間としては、こっちでの撮影風景やら手順やらに興味はあるようだが、ことさら自分をアピールしているような様子は見えなかった。

サムライ専門の役者――まあ、そればかりでもないのだろうが――だというから、ハリウッド映画では役が限られているというのもあるだろうし、やはり千波に会いに、という以上の気持ちはないように思える。このロケの撮影を見学するのもほんのついで、というくらいで。

依光はいい男だった。おそらく、役者としても。

ただ――。

「ハリウッド映画に出たがってる、って感じじゃないですけどね」

「そうですねえ…」

クレメンも感じているのか、指先で頬をかきながら小さくため息をつく。

「彼はサムライ俳優であることに誇りとこだわりを持っているようですからね」

そのいかにも残念そうな口調に、さらに胸の奥がざわめく。

気に入った役者――なのだ。

依光も。……いや、依光は。

「もし依光が出演する代わりに自分と寝ろ、って言ったら、あなたは迷わず受け入れるんですか?」

ふいに、そんな言葉が口から出ていた。

それにふっと、クレメンがもう一度ふり返る。

眉をよせて、淡々と言った。

「つまらないことを聞きますね」

ジーンは思わず目を見張った。

つまらないこと――と、バッサリと切るような言い方に、さらに言いようのない憤《いきどお》りを覚える。

「誰に言われても、あなたはそうするんでしょう？　自分の映画のためなら」

低く、息をつめるようにして、そんな言葉を放っていた。

そんなジーンを、クレメンがじっと見つめてくる。そして静かに言った。

「依光は、そんなことは言いませんよ」

特に感情もなく、さらりとあたりまえのように言われたその言葉に、ジーンは知らず息を呑《の》んだ。

横っ面をはたかれたような気がした。

……自分が、ひどく汚い人間のように思えて。

確かに――褒められたやり方ではなかっただろうが。

ジーンは小さく唇を嚙む。

だがそれなら、自分はどうなんだっ、と叫んでしまいそうだった。

あれほど簡単に同意したクレメン自身は、どういうつもりなんだ――、と。

が、その時だった。

「――わお！　クレメン・ハワードっ！」

明るい声が、まるで見えない壁を突き破るようにして耳に届き、今まで忘れていたあたりの喧噪《けんそう》が一気にもどってくる。

カーラの声だった。クレメンの姿に、興奮したように手をたたく。

なるほど、ミーハーだ。

ジーンは息をつき、ちょっと肩をすくめてみせた。

「……ああ、妹なんです。今、雑誌の仕事をしていて……、打ち合わせの帰りによったみたいで」

わずかに怪訝な顔をしたクレメンに、ジーンは紹介した。

「いつも本当に楽しみにしてます。——『AD』もいいですけど、私、監督の『ピース・アヴェニュー』も大好きなんですよ。今度また、サスペンスタッチの作品を撮ってください」

「それはどうも」

大きな笑みを浮かべて言ったカーラの言葉に、クレメンは穏やかに微笑んで握手を交わした。

妹——という言葉を、クレメンがそのまま信じたのかどうかはわからない。

が、おそらく、どうでもいいのだろう。

カーラが自分の妹であろうが、恋人であろうが。クレメンにとって、それで何かが変わるわけではない。

そのことに、なぜかいらだつ。

「ジーン、そろそろスタンバイを頼む！」

と、むこうから助監督の声がかかり、ジーンはＯＫ、と片手を挙げた。

そして、ちろっと横目ににらむようにしてカーラに釘《くぎ》を刺す。

「見学はいいが、うろちょろして邪魔をするなよ」

「わかってるわよ。あなたの妹としては評判を落とさないように、おとなしく見てるだけにするわ」

ちょっとからかうようにそう言ったカーラの肩をあえて抱きよせ、あとで、とその頬に軽くキスを落とす。

何気ない親愛の情――だが、なかば見せつけるためでもあった。

……意味がない、とわかってはいたが、そう…、子供っぽい腹いせのように。

「がんばって」

ひらひらと手をふって見送られ、ジーンは着替えとメイクに向かった。

「妹さんが来てるんですって？」

メイク・スタッフのそんな皮肉を、いつものように軽くかわすこともできず、ジーンはむっつりとしたままだった。

そのいつになくピリピリとした様子に、メイクの子もちょっとひるんだように口をつぐみ、自分の仕事に専念していたので、ずいぶんと早く準備を終える。

「ファースト・グループ、出ます――っ！」

二時間以上も待ってからようやくカメラ・リハーサルが終わったらしく、助監督《セカンドAD》の声で呼び出された。

イスから立ち上がると、小道具から剣を受けとり、ジーンはゆっくりとセットに入る。

いくつもの視線が集中するのを感じた。

――クレメンの目も。

見なくても肌を刺すようなその視線は、すぐにわかる。

クレメンはギュッと強く手を握りしめた。

文句がないように、完璧《かんぺき》に演じればいい。

そう――この男の理想のヒーローを。

それだけだ。

広い階段を舞台にした、大がかりな戦闘シーンだった。

それだけに画面に入る人数も多く、テストにも時間がかかったのだろう。

千波も一緒のシーンだった。動きと位置を丹念に打ち合わせる。

千波の動きが優雅に美しい分、ジーンはそれと対比するように力強さを出さなければならない。

「仕上げ《ファイナル・タッチ・アップ》！」

その声で、髪《ヘア》と衣装《コスチューム》とメイクとボディメイク——がいっせいに襲《おそ》いかかってきて、最終的な直しに入る。

それも五分ほどで、「本番《ローリング》ー！」の声がかかった。

ピン…、と空気が張りつめる。

ちらっ、と無意識にジーンの視線が撮影クルーへ向いた。

モニターの前にいつものように穏やかにすわっているクレメンと……依光の姿がその後ろにある。

最近はいつもその位置で、依光は撮影を見ている。

クレメンも普通に、それを許していた。

依光が見ているのは、もちろん、千波を、だろう。

それはわかっていたが——。

依光がわずかにかがむようにして、クレメンの耳元に何かささやいている。

クレメンがうなずいて、それに受け答える。

……別に何ということもない会話のはずだ。

だが、親密な――馴れ合った二人の姿だった。ほんの数日前、現れただけの男なのに。

ジーンは無意識にギュッと唇を噛んだ。

「アクション」

落ち着いたクレメンの声。

瞬間、違う空気が動き出した。

ハッ…と我に返るように、クレメンは剣を構える。

『きさまッ！　いったいどこから…っ!?』

若い役者の一人が襲いかかってくる。

『ハァ――ッ！』

ジーンは相手の剣をいったん受け、押しもどして、ふり向きざま、背後からの敵を斬《き》り伏せる――流れだった。

が。

あっ、と、瞬間、ひやりとする。ほんのわずか、タイミングがずれていた。ジーンの踏み出しが一瞬、遅かったのだ。

その分、少しだけ相手に押される形になる。

だが、ミスというほどじゃない――、と、ジーンは判断した。力で押し切れば同じことだ。流れが止まったわけではない。

だがその一瞬の遅れは、次の相手を受けた時にはさらに大きく広がっていた。

「――あ…っ…！」

一気にバランスが崩れる。

まわりの空気が一瞬に凍りついた。

「ジーン…！」

ハッとしたような千波の声が耳を貫く。

そしてふっ…、と身体が宙に放たれたかと思うと、次の瞬間――。

肩と背中が激しく地面にたたきつけられ、ジーンの身体はそのまま長い石段を転げ落ちていた。

どよめきと悲鳴、叫び声がいっせいに上がったが、その時のジーンの耳には入っていなかった。

どのくらい落ちたのか――。

身体が止まったのは、ほんの一秒後にも、長い時間がたったあとだったようにも思える。

反射的に、身体は受け身をとっていた。

「ジーンっ！」

「大丈夫かっ⁉」

「早く！　医者《ドクター》を呼べっ」

一気に怒鳴り声ともつかない混乱した叫びが耳に飛びこんでくる。

少しの間、呆然としていたが、それでもハッと我に返る。大きく息をつき、ジーンはようやく腕を動かした。

「――つっ…！」

が、全身が軋むような痛みを放つ。

それでもその痛みをこらえ、ジーンはゆっくりと半身を起こした。

「大丈夫だ……」

真っ先に駆け下りてきた千波のあせった顔を見て、なんとか笑ってみせる。

実際、大きな出血とか、脳震盪《のうしんとう》とか、そんな大層なこともない。

打撲《だぼく》と…、おそらく、顔には擦《す》り傷の一つや二つはあるだろうが、メイクでごまかせるはずだ。

「先生が来たぞっ！」

ざわざわと集まってきた人の輪を壊すように、ロケに同行している専任の医者が近づいてきた。

四十過ぎの、いつもは陽気な雰囲気の男だ。

「ああ…、先生」

ジーンは石の床にすわりこんだまま、それでも軽い調子で手を挙げた。

「湿布《しっぷ》をお願いします。衣装にダメージがなきゃいいけどな…」

思い出したように、自分の肩のあたりやズボンをチェックする。もっとも、衣装は予備が何着かあるはずだったが。

「それどころじゃないだろうっ。かなりの高さだぞ！」

いつになく厳しい調子で、怒鳴るように医師が言い、手早くジーンの衣装の上を脱がした。

「つっ…！」

ちょっと腕を上げるのにも、鋭い痛みが走る。

それでもなんとか我慢して、とりあえずの診察を受けた。

「頭は？　打ったのか？」

「いえ…、肩から落ちたし。頭はかばってたんで」

無意識にも、だ。

「……ふむ。まあ、かなり打撲もひどいが…、骨は折れていないようだな……」

その見立てに、まわりがホッと息をもらすのがわかる。

ジーン自身、思わず肩から力が抜けた。

「じゃあ、少し冷やして――」

数時間もすれば、と。

「それより、足だ」

しかしジーンの言葉をさえぎるようにして、厳しい口調で医師が続けた。

「左の足首がずいぶん腫《は》れている」

指摘され、あっ、と自分の身体のことながら、ようやく気づいた。

確かに左の足首がかなり熱を持って、ズキン、ズキン、と、骨の奥まで響くような痛みがある。

「靴《くつ》を脱がすよ」

「――あ…ぅ…っ…!」

予告してから靴に手をかけられたが、その瞬間、えぐるような痛みが足に走って、ジーンは思わずうめき声をもらしてしまった。

「ジーン…!」

千波が声を上げる。

「大丈夫なんですか?」

青ざめたまま尋ねたその問いに、医師が難しい顔をした。

「ああ…、骨は大丈夫のようだ。だがひどい捻挫《ねんざ》だな」

顔をしかめて言われた言葉に、ジーンは思わず唇を噛んだ。

「大丈夫ですよ、このくらいは」

強く言って、医師の手をふり払うようにして、ジーンは立ち上がった。

——いや、立ち上がろうとした。

「く…ぁ…っ！」

が、左足にまったく力を入れることができず、そのまま崩れ落ちる。

「無理するな」

情けなく顔から落ちるかと思った時、素早く身体を支えてくれたのは、依光の腕だ。

ハッと横を向くと、いつの間にか、クレメンも来ている。

やはり、厳しい表情だった。

その顔をまともに見られず、ジーンは思わず視線をそらす。

「しばらくは動かさない方がいいな。四、五日は様子を見た方がいい。ひどいと、完治にひと月はかかるぞ」

「そんな…！」

冷却スプレーをふりながら言った医師の冷静な診断に、ジーンは声を上げていた。

撮影の予定が大幅に狂う。

「……す、すみませんっ！　俺、踏みこみが深すぎましたかっ？」

階段の上で相手になっていた若い役者が、蒼白《そうはく》な顔で声を震わせる。

せっぱつまったその声に、ジーンはようやく少し、冷静さをとりもどす。大きく息を吐いて、首をふり、口を開いた。

「いや…、おまえのせいじゃないよ」

相手のせいじゃない。

ただ、自分が――。

「そうですね。ジーンのタイミングが遅すぎました」

と、横からクレメンがいつもと同じく穏やかに、だがそれだけに冷ややかな声で言った。

腕を組み、じっとジーンを見つめてくる。

「力が入りすぎていました。浮ついているからですよ。自覚が足りませんね」

冷淡な口調だったが、言い返す言葉もなく、ジーンはただ顔を伏せる。

「役に集中できないようでは困ります。……失望しましたよ」

そして、続いて耳に届いた声に、ジーンは一瞬、息が止まった。

「監督…！」

思わず声を上げた時、クレメンはすでに背を向けて歩き出していた。

「午後の撮影は中止です。予定を組み直さなければいけませんから」

そして、背中で告げた指示に、助監督たちが弾かれたようにバタバタと走り出す。

ジーンはただ呆然と、その背中を見つめるしかなかった。

クレメンの言葉に、自分でも信じられないほどのショックを受けていた。

「……とにかくきちんと手当を。手を貸してくれるかな？」

「ああ…、はい」

医師の言葉に依光がうなずき、ジーンの腕を肩にまわす。

左右二人の肩に支えられて、ジーンはとりあえず自分の家へ移された。その広いリビングが一番、手当がしやすいのだろう。

とりあえず、絶対に動かさないようにして、とことん冷やすしかない、という医師の指示で、ソファに足を伸ばしたジーンの左足首に氷水が当てられる。

「千波に、ごめん、って伝えておいてくれ」

そう伝言を頼むと、わかった、とうなずいて依光が医師と一緒に家を出た。

セットからは少し離れたこの場所からでも、何となくロケ地中がバタバタとしている空気が感じられる。

役者たちだけではない。メイクやスタントや、他のクルーたちのスケジュール調整に、今はスタッフがあわてているのだろう。窓から見える限りでも、かなり動きまわっているのがわかる。

隔離されたような状態で、ジーンは少しばかり放心状態だった。

どうしてこうなったのかわからない——、という感じだ。

「……ごめんなさい、ジーン。私のせいね」

カーラが氷の入ったビニール袋をジーンの足首のあたりで押さえたまま、申し訳なさそうにあやまった。

「私が急に来たりしたから…、集中力が切れたんだわ」

「君のせいじゃないよ…」

ぐしゃりと前髪をかき上げ、ため息をつくようにジーンは言った。

――そう。誰のせいでもない。

それだけはわかっていた。

自分のせいだ。

あの時――自分は、役になれていなかったのだろう。

クレメンの望む「ヒーロー」に。

みじめな、情けない「ユージン・キャラハン」という男を、クレメンの前にさらしただけだった。

目を閉じて、ばったりとソファの背もたれに身体を預ける。

「そんなに落ちこんでるあなたを見たのは初めてね」

カーラがそっと、ジーンの頬を撫でるようにしてつぶやいた。

「……君にふられた時もずいぶん落ちこんだよ」

あまり心配をかけたくもなく、ジーンはちょっと笑ってそんなふうに口にする。

「ウソばっかり」

が、カーラはあっさりと返した。

「軍から帰ってきた時にも落ちこんでいたけど…、でもあの時はまだあなた、何か探しているみたいだった」

そう。探していたのだろう。

自分が何をやりたいか、を。何を望めばいいのか――、を。

無意識のうちに、クレメンを探していたのかもしれない。

どうすれば、あの男の前にもう一度立てるのか——と。

「今は？」

ぼんやりと尋ねたジーンに、カーラが小さく笑った。

「ただひたすら、どーん、って落ちこんでるわね」

あの時の自分とは違う——、と思っていた。

今度はマイアミで見せたみたいな、あんな世を拗ねていた姿ではなく、……そう、今度はむこうから、抱かれたい、と言わせられるくらいの自分を見せつけてやりたくて。

だが……何も、あの時と変わってはいない。

これだけ、キャリアを積んだつもりだったのに。これだけの家を、ロケ地に準備させられるくらいに。自分の要求を通させるくらいに、だ。

それが妙に滑稽《こっけい》で、みじめで。

ズキン、ズキン…、と鈍く響く痛みは、足首だけでなく、身体の奥からにじみ出してくるようだった。

「どうすればいいのかな…」

誰に聞くでもなく、ジーンは弱気につぶやいていた。

「クレメンを…、失望させたみたいだ……」

自分で口にしただけで、その事実が胸をえぐった。

「あやまって、やり直すしかないわね」

腕時計で時間を見ていたカーラが、氷水が溶けてぬるくなったビニールを持って、立ち上がった。

医師の指示で、二十分ほどのアイシング。そのあと、四十分ほど間隔をあける。それを寝ている間以外、二、三日はくり返す。

だがその前に、最初の氷が溶けてしまったようだ。

「信頼を失ったのなら、また初めからやり直して、自分でとりもどすしかないのよ。誰だって」

言いながらキッチンへ向かい、新しい氷水と入れ替えてくる。

「できるかな…？　キビシイからね、あの人……」

言いながら、足首に押しあてられた冷たさに、ジーンはわずかに顔をしかめ、歯を食いしばる。

「やってみないと」

それにカーラは短く言った。

そう、それしかないのだろう。

できるかできないかじゃない。やるしかなかった。

あの男の信頼をとりもどすためには――。

◇　　◇

とりあえず、街の病院で診察と精密検査を受けたジーンの怪我《けが》は、捻挫という以上に重大なこともなく、ジーンの勧めもあって、カーラは予定通り翌日、ロケ地をあとにした。

とにかく動かさないこと――、と厳命されて、伸縮包帯でぐるぐる巻きにされ、松葉杖《まつばづえ》を使って、ジーンは自分抜きで進められている撮影を眺めていた。

もちろん、普通に撮影していても自分のいないシーンはたくさんあるわけだが、それでも一人、と取り残されたような焦燥感《しょうそう》に襲われる。

本当は、こんな怪我ならロケ地を離れ、ゆっくりと静養の時間をとってもよかったのだろう。

だがジーンは、そのままとどまった。

じりじりとするような五日間のあと、ようやく普通に歩けるようにもなり、それでも完治というわけではないので、アクション・シーンのないところから順番にジーンの撮影は再開された。

クレメンの態度は、怪我の前までと特に変わった様子はなかった。

……少なくとも、目に見える部分では。

ジーンへの接し方も。

淡々と指示を出し、要求を伝える。

それでも少し、ジーンは薄い壁…、とまでは言わなくとも、膜《まく》のようなものを感じてしまう。

あるいは、それが「失望」のせいかと思うと、ジーンとしてはがむしゃらにやるしかなかったが。

期待すらされていないとしたら――あまりにもつらい。

「ジーン、どうした？　最近ずいぶんとおとなしいな。外に遊びにも行かないで」

怪我のあと、ぴたりとロケ地から外へ出ることをしなくなったジーンに、俳優仲間やスタッフが誘うように声をかけてきたが、ジーンは笑って答えていた。

「そ。心を入れ替えたのさ」

「おまえがか？　冗談言うな」

ガハハハハッ！　と、背中をぶったたかれるようにして笑われ、しかしジーンはにこりともしなかった。

実際、快気祝い、と、口実にされた集まりにも顔を出さなかったのだ。

「ラップ・アップ《クランクアップ》までは仕事に専念するよ」

「マジか…？」

静かに言ったジーンに男が目を丸くしてつぶやき、首をふるようにして背中を向けて去っていく。

だが、ジーンは本気だった。

遊びに行かないということが、いい演技ができるということではない。それはわかっていたが。

もちろん、自分が遅れた分をとりもどすためには、自分がやり続けるしかない、ということもある。

遅れた分、自分のスケジュールはきつくなっているのだ。

まるで、最初の「ＡＤ」を撮った時のように、ジーンはただ夢中で——その日一日の撮影が終わると、そのままぶっ倒れるくらいに没頭した。

「ジーン、大丈夫か？　無理はしないほうがいいよ」

千波にはそんなふうに心配されたが、それでも頭を空っぽにして動くことは、身体が自然と反応するようで気持ちがいい。

身体は疲れているのに、夜、眠れないくらいに興奮している時もあって——自分の身体の中に役が残っているのだろう——この夜もそうだった。

決してふだん、寝つきが悪い方ではない。が、この日はベッドの中で目を閉じても眠りは訪れず、仕方なく、ジーンはふらりと散歩に出た。

人気のない夜のセットは、まるでゴーストタウンだ。

肌寒い空気の中、この間、落ちた階段を一歩一歩、踏みしめるように昇っていった。

あらためて見上げたその高さに、ちょっと顔色をなくす。

が、階段を昇り切る直前になって、ジーンは暗闇《くらやみ》の中で一番上の段にすわりこんでいる影にようやく気づいた。

一瞬、心臓が止まりかけたが――しかし、こんな砂漠の真ん中に強盗もないだろう。

誰だっ？　と声を上げようとして、薄い月明かりの下に、それがクレメンだとわかる。

思わず、息を呑んだ。

もちろんむこうは、こちらより早く近づいている自分に気がついていたはずだ。

「……びっくりしましたよ。こんな時間に何をしてるんです？」

それでも唇をなめ、ジーンはゆっくりと近づいて行って、何気ない調子で声をかけた。

「ボーッとしています」

相変わらず淡々と返ってきたそんな答えに、一瞬、バカにされてるのか…？　とも思ったが、しかしいかにもクレメンらしくて、ジーンは思わず喉で笑ってしまった。

本当に、ただボーッとしているだけなのかもしれない。

だが、そのボーッとした頭の中で、いろんなイメージは大きく広がり、膨《ふく》れ上がっているのだろう。

おそらくは、この映画を撮り終えたあとの、次の構想も。

……その中に、自分の姿はないのかもしれないが。

「隣、いいですか?」

「どうぞ」

一応、断ってから、ジーンは男の横に腰を下ろした。

ふと見上げると、薄っぺらい三日月に、星は降り落ちそうなほど輝いている。

きちんとあやまらなければ――、とジーンは思っていた。

怪我で迷惑をかけたことを、スタッフや役者仲間たちや、全体としてあやまってはいたが、クレメン個人にはまだきちんとあやまっていない気がしていたから。

だが、いざとなるとやはり切り出しにくい。

そう…、考えてみれば、こんなふうに二人きりで話すことなど……おそらく、あれ以来、だ。

撮影の前、契約の条件を出した時の。

気持ちとは裏腹に、何も口に出せないまま、ジーンはそっとため息をついた。

クレメンにとって、自分は主演俳優で――もちろん、ある意味、重要な存在ではあるはずだ。仕事仲間としては。

だが、プライベートを一緒に過ごすのなら…、依光のように話の合う人間がいいのだろうか……?

そんな思いが、ここしばらくくり返し頭の中をめぐっていた。

依光はいい男だった。彼が来てからの千波は、明らかに違っていた。落ち着いた…、余裕が出てきた、というのか。

慎み深い民族性のせいか、さすがにマイノリティの自覚があるのか、人前で二人が恋人らしい様子を見せることはまったくなかったが。

それでも親密な空気は、確かに感じられる。

相手を見る優しい眼差しや、言葉の端々や。

おたがいがおたがいをどれだけ大切に思っているか。

だがそれとは別に、依光はここでの滞在を十分に楽しんでいるようだし、クレメンも――クレメンがかつて、匿名《アラン・スミシー》で撮っていた映画とか…、そんな話で、依光とはずいぶんと映画談義が弾んでいるようだ。

それを、うらやましく思ってしまう。

実際のところ、依光が千波の恋人でなければ――あるいは、相当にいらだっていたかもしれない。

……し、勘ぐってしまっていただろう。

自分はこの男とは友人――ですらないのだ。

監督と、俳優。

この作り物の世界と同じく、自分とクレメンとの関係も、作り物の中でしか成立しない。

やり方を、間違えたのだろうか……？

と、思う。今さらに。

自分は何を、この男に求めたのだろう……？

ただ、思い出してほしいだけなのか。

十年前のあの時――マイアミの安ホテルで腐れていた男が……「まだ若いのに人生に拗ねているみたいな可愛い男の子」が、ここまで来たのだ、と。

あなたのおかげで。

それを認めてほしかったのか……。

「ジーン、聞いていいですか？」

「えっ？」

と、ふいにクレメンが口を開き、ジーンは思わず1オクターブ、声を上げてしまった。

「え…、ええ。何ですか？」

ようやく気持ちを落ち着けて聞き返す。

「あなたはまだ、私を抱きたいと思っているのですか？」

「え…？」

が、相変わらず淡々と聞かれた問いに、思わず言葉をなくした。

「……それは……、ええ……、まあ」

そんなに面と向かって聞かれると、妙に答えにつまってしまう。後ろめたく思っていただけに、なおさらだ。

「どうしてです？」

無意識に頭に手をやりながら、それでも気をとり直して聞き返した。

なぜいきなりそんなことを、という面食らった気分だ。いや、考えてみれば当然の問いなのかもしれないが。

それにクレメンが軽く肩をすくめた。

「君を悩殺できるほど、自分がセクシー・ダイナマイトなボディを持っているとは、さすがにうぬぼれていませんからね」

軽口のようなそんな言葉に、思わず笑ってしまった。

笑ったことがよかったのか、少し気持ちが落ち着いてくる。

「あなたに興味があると……、言ったでしょう？　あなたのすべてにね」

あらためて口にして、本当に自分がそう思っていることにジーンは気づいた。

自分でも驚くくらいに、だ。

この男のことが知りたいと思う。

作品――だけでなく。こんなセットの中で見せる顔だけでなく。もっと別の顔を。

俳優に対する顔ではなく、この男自身の表情を。

一人でいる時や、友人といる時や――恋人といる時や。

――ベッドの中や。

想像した瞬間、ズキッと下肢に熱がたまるような気がして、ジーンはちょっとあせってしまった。

こんな……。

思春期のガキじゃあるまいし。

――いや。三十七というういいおとなだからこそ、自制が利いているのだ。

そうでなければ、この場で押し倒していただろう。

……自分より六つも年上の男を。

抱き心地がいいようにも思えない。まともな睦言《むつごと》を口にするとも思えない。

なのに。

ジーンは思わず、猛烈《もうれつ》な勢いで頭をかきむしった。

そして自分でもわからないまま、言葉が唇からこぼれ落ちる。

「あなたにとって、俺は何ですか?」

挑むように、にらむようにして、男に尋ねていた。

そんなジーンに、ふっとクレメンが向き直る。

「役者ですよ」

そして淡々と告げられた、わかりきった——自分でもわかりきっていた答えに、思わずカッ…、と身体の中から何かが噴き上げそうになる。

「つまり、あなたのイメージの中にあるヒーローということですね」

それでも押し殺した声で、なんとかつぶやくように言った。

この男の「理想」を具現化すること。

いわば、それが自分の仕事なのだ。

だが、この男の思い描く「ヒーロー」を演じることに——ジーンはどうしようもなく、いらだっていた。

自分の与えられた役は……確かに魅力的だった。

強く、勇敢《ゆうかん》で、正義感があって。

誰もが憧れるだろうし、そうなれるものならなりたいと願う。

——だが。

自分は自分だった。役とは違う。現実の自分は、この男の理想とは違う。

どれだけ完璧に演じたとしても——。

そんな思いが、ふつふつと身体の奥から湧いてきて。

「クレメン…、あんたにとって、結局俺はそれだけですか？」

「ジーン…？」

低くうめくように言ったジーンに、クレメンが怪訝そうに首をかしげる。

「依光のことは…、ずいぶんとお気に入りですよね…？　あいつの演技はまだ知らないでしょう？

つまりあいつのことは、役者じゃなくたって好きだっていうことですよね？」

ジーンは自分が何を口走っているのかもまともに考えられないまま、ただ怒りが……悔しさが溢《あふ》れ出すままに口にしていた。

「何を言ってるんですか…？」

本当にとまどったようにクレメンが首をふる。

そう…、冷静に考えれば自分の言っていることがどれだけ子供っぽい、情けない言葉かわかるはずだった。

だがこの時のジーンは、何かが切れていて。

自分でもわけがわからないいらだちに支配されていた。

怒りのままに腕を伸ばし、男の肩をグッ…、とつかむ。

「——なっ…、ジーン…？　何を…？」

さすがにあせったような声を上げた男にかまわず、ジーンはそのまま石畳の上に相手を押し倒していた。

とまどったまま、いくぶん怯《おび》えたように自分を見上げてくるその表情に、ふっとは嗜虐的《しぎゃくてき》な悦《よろこ》びを覚えてしまう。

それは確かに、「役」ではなく、ジーン自身に向けられたものだから。

知らず、息遣いが荒くなってくる。

自分を、この男に教えたかった。

役ではなく、ジーン・キャラハンという一人の男を。

――それは、つまり――。

あっ…、と、今頃になってようやく、ジーンは気づく。

「あなたに…、惚れてるみたいですね……、俺」

両肩を押さえこみ、男の身体にのしかかったまま、告白した、というつもりもなく、ジーンはつぶやいていた。

それに、眼鏡のむこうでクレメンがわずかに眉をよせる。

何か、いぶかるみたいに。

本気に……受けとってはいないのだろう。あたりまえだ。

だがかまわず、ジーンはそっと唇を近づけた。

「ジーン…！　――ん……っ…」

顎を押さえこみ、唇を重ねて――強引に中へ舌をねじこむ。

逃げるように動く舌をやすやすとからめとり、たっぷりと吸い上げてから、ようやく離してやる。

クレメンが大きく息をついた。そして、まっすぐににらみ上げてくる。

「……撮影中は、ダメだと言いませんでしたか?」

キスの感想がそれか…、と思うと、ジーンはちょっとムッとした。キス一つで、自分に夢中になる女の子が今、全米にどのくらいいるか、教えてやりたいくらいだ。

それなのに……自分が欲しいのは、この風采《ふうさい》の上がらない年上の男で。

「わかりました。じゃあ、撮影が終わったら、あなたを好きにしていいんですね？」

唾液《だえき》に濡《ぬ》れた自分の唇を拭いながら、なかば宣言するように聞き返す。

「こういうことがしたければ、やることをやってください。私を満足させてほしいですね。せめて、演技では」

が、それにたじろぐこともなくぴしゃりと言われ、ジーンは思わず息をつめた。

「あんた…」

せめて——ということは、つまり他では期待していない、ということか。

「あなたはすでに一度、失敗しているんですから」

それを言われると——言い返す言葉がなかった。

ジーンは深い息をつき、ゆっくりと身体を起こすと、そのまま立ち上がった。

「……満足、してないですか？」

その演技でさえ。

月明かりの下、じっと石畳に横たわったままの男を見下ろし、ジーンは低く尋ねる。

「まだ、今のところは。君はもっとできるはずですよ」

それに静かに返されて、クッ…とジーンは唇を噛む。

そして、そのまま階段を駆け下りた。

「走るのはやめなさい！」

と、背中からぴしゃりとした声が飛んできて、ジーンはハッと足を止める。

ふり向くと、身を起こし、階段の一番上にすわりこんだ男の姿が、すでに影にしか見えない。

「また怪我をするつもりですか？」

それでも暗闇の中から冷ややかに指摘されて、そっと息を吐いた。

「私の前に結果を出しなさい。あなたにできるのはそれだけです」

男の声が降ってくる。

「満足させてあげますよ……、必ず」

ジーンは男を見上げ、きっぱりと口にする。

――必ず。

そしてゆっくりと、階段を下りていった――。


それから――やはり、撮影中のクレメンは何か変わったということはなかった。

相変わらず、淡々と指示を出し、リテイクを出し、ＯＫを出す。

まっすぐに、妥協のない視線の中で、ジーンは彼の望むヒーローになる。

ワンカット終わるごと、どうだ――、と挑むようにクレメンを眺めるが、彼はただうなずくだけだった。

そんな中――。

役の中で新しく仲間になったばかりのジーンと千波と、二人衝突ばかりしていたのが、あるきっかけで本当の仲間になる――、という、確かに重要なシーンだった。

「もう一度」

クレメンの穏やかな声が、緊迫した現場の空気をさらに凍りつかせる。

ついで、あきらめと疲れの交じったため息がどこからともなくこぼれ落ちた。

この日、このシーンの撮影だけですでに三時間を超えていた。

すでに何度リテイクを出されているのか、ジーンにもわからないくらいだ。剣を持つ腕も痺《しび》れてきていた。

「もう一度」

だがそんなことにはおかまいなく、淡々としたクレメンの声が響く。

が、さすがに長時間の撮影で、いろんなところが崩れていたらしい。

「ヘアとメイク！」

助監督の指示でスタッフがふたり飛んできて、いったんセットを出たジーンはどさり…、と自分のイスに腰を下ろした。

――くそったれっ！

と、内心で吠《ほ》える。

「お疲れさま」

「次は決まるわよ」

ジーンの気持ちを引き立てるように、声をかけてくれる。

「キビシーなァ…」

なかばため息にも似た、依光のつぶやく声が耳に入った。

――まったく。

「嫌がらせか…っ」

何が悪いのか。何が気に入らないのか。

そんな指摘もなく、ただリテイクを指示する男に、さすがにいらだちが募っていた。

思わずそんなつぶやきが声に出るが、どうやらクレメンの耳に届いていたようだ。

「どうして私が君に嫌がらせをしなくてはいけないんです？」

背中から冷ややかな眼差しにさらりと聞かれ、ジーンは思わず、じろり、と肩越しにふり返った。

「……いいえ。ただ俺が恐いのかな、と思っただけですよ」

そんな不遜《ふそん》な言葉が口をつく。

――俺に抱かれるのが。

そして口にしない言葉を、心の中で続ける。

うっかり満足してしまったら……抱かれてもいい、と認めるのと同じだから。

それがわかっているのかどうなのか。

クレメンは腕を組み、小さく息を吐いた。

「……いいでしょう。君自身はこのカットに納得しているんですか？　もしそうなら、私はもう何も言いませんよ」

ぴしゃりと言われて、ジーンはわずかにひるむ。

……まだ、出し切っていないのだろうか？　自分は。

自分に問いかけてみる。

「カメラを貸してください。私がまわします」

と、クレメンはとまどう撮影監督と場所を変わった。

こんなふうに挑まれると、前に立たないわけにはいかなかった。

ぐっと腹に力をこめて立ち上がると、ジーンはゆっくりとセットへ入る。

「スタート！」

その声とともに、カメラのレンズが——男の目が自分を追っているのがわかる。

ザッ…、と総毛立つような快感だった。

あの男の目が、ただ自分にだけ向けられているのだ。

じっと自分を見つめる怜悧《れいり》な眼差しが、うれしかった。

ぞくり…、と身体の奥から震えるほど。

一歩、前へ進むたび、自分が何かに変わっていくような気がする。一言発するたび、剣を一振りするたび。

——そして。

「カット！」

気がつくと、いつの間にかその声がかかっていて——ふっ…、とジーンの身体から何かが抜けていくのがわかった。

一瞬、今いる場所がわからなくなるような妙な感覚で――どうやらそれだけ、役に入りこんでいたらしい。

いける――、と思った。

目の前の千波の表情も、今までになく生き生きと明るい。

しかし、モニターチェックをしているらしいクレメンから、ＯＫの声は聞こえなかった。

何度もチェックしているようで、また撮り直しか…、と、無意識に千波と視線を合わせ、ジーンはため息をついた。

待っていたが、なかなか次の指示がかからず、ジーンは待ちきれなくてモニターのあるテントの下へ入っていく。

「さっきのテイク…、何か問題があったんですか？」

難しい顔をしたまま、モニターから目を離さないクレメンに声をかける。

「……いえ」

それにどこか上の空で、ポツリとつぶやくようにクレメンが答える。

ジーンはいらついた。

妥協してもらう必要はない――のだ。

「はっきり言ってください！　撮り直しなら撮り直しで俺はかまいませんから」

なかば怒鳴るように声を荒げたジーンに、ようやくその存在に気がついたようにクレメンがふっと、顔を向ける。

そして、さらりと言った。

「見惚《みほ》れていただけですよ。……お疲れさま」

ぽん、と背中をたたいて、クレメンがいつもの自分のイスにもどる。

「次のシーンに行きます」

「――あ、はい…！　ＯＫです！　次、行きます――っ！」

あまりにも長かったシーンが、あまりにもあっけなく終わったことに呆然としていた助監督が、あわてて声を上げて台本をめくる。

ジーンも一瞬、放心状態だったが、ふっと肩から力が抜けていくのを覚える。

ちらっと、いつものように物静かにイスに腰を下ろしている男の横顔を見つめた。

この男の、何気ないそんな言葉一つに一喜一憂してしまう。

もちろん「監督」から「俳優」にかけられた言葉だ。

ある意味、いつもそうでなければならないのかもしれない。

……だが。

じわじわと、ゆっくりと身体の奥から熱いものがこみ上げてくる。

この人に認められたい。

――認めさせたい、と、思う。

せめて、役者としてだけでも。

この人が理想の「ヒーロー」を望むのなら、それを自分の手で、身体で、完璧に創り上げたい――、と。

◇

◇

それからひと月足らず――。

撮影は終了し、盛大な打ち上げ《ラップ・アップ・パーティー》がロサンジェルスのホテルで催《もよお》されていた。

窓からの景色も、空気も、まるで違う。この都会にいると、あの砂漠のロケ地にいたことが、夢の中の出来事のような気がしてくる。

……いや。むろん、映画の中で生きること自体がそうなのかもしれないが。

パーティーは慣れてもいるし、嫌いではなかったが、この日のジーンは妙にバカ騒ぎをする気にはなれず、片隅のバー・カウンターのスツールに腰を下ろしたまま、にぎやかな会場をぼーっと眺めていた。

撮影が終わり、気が抜けた…、というか、脱力したのかもしれない。

かなりハードなスケジュールでもあった。

次のオファーもいくつか来てはいたが、しばらくはのんびりしようかな…、という気分だ。

まあ、もちろん、来年になればこの映画のプロモーションにいそがしくなるのだろうが。

ワールドプレミアが行われるだろうし、おそらく日本にも行くんだろうな…、とぼんやり思う。

依光はもうだいぶん前に日本に帰っていたが、また会う機会はありそうだ。

「――おい！　どうした、主演俳優！」

なかば酒に酔った役者仲間が、ジーンを見つけてからんでくる。

「こんなところでくすぶってんなよォ…っ！　——あっ、シーラ…！　おい、待ってくれよっ！」

言いながらも、すぐに次の相手を見つけてよろよろと近づいていく。

わあっ…！　と中央付近で何かが一気に盛り上がったのは、監督からか、プロデューサーからか、何かねぎらいのプレゼントでも出たのかもしれない。

ジーン自身、パーティーが始まって早々に、撮影スタッフには記念のプレゼントを渡していた。そのあたりは慣例というのか、まあ、ハリウッドスターの作法のようなものだ。

クレメンの姿は見えなかった。

……というより、客の中に埋もれているのだろう。

もともとこんな場所が得意そうでもなく、確か酒も、あまり強いとは言えないはずだ。飲まされてなければいいが…、と、ちょっと眉をよせる。

まあ、自分が心配してやることでもない。

——撮影が終わったら。

そういう契約だった。

そして、撮影は終わったのだ。

ジーンは自分のやるべき仕事を果たした。……はずだった。

OKを出したのはクレメン自身なのだから、それを今さらとやかく言われることではない。

だが、ジーン自身、さすがに迷っていた。

いや、あんな契約を盾にとるべきではない、とわかっていた。ほんの冗談だったのだ…、と、言えばすむことだった。

そして、十年前のことを話して。

あの時、マイアミのホテルで会ったのは俺なんですよ。覚えていますか、――と。

そう笑い話にすればいいだけだった。

『あの時あなたは、私がいい、というのじゃないと、抱かれるのは嫌だと言ったんですよ？』

と。

あるいは、そんな皮肉を交えて。

「――皆さん！　ここで重大なお知らせがあります！」

と、いきなり上機嫌の男が一人、グランドピアノのおかれた一段高いところに立ってあたりの騒ぎを静め、声を張り上げた。

マーティー・クロフォードという、でっぷりとした人のよさそうなオヤジだ。だが、これで、ハリウッドでは知られた敏腕プロデューサーでもある。

その「重大なお知らせ」への期待で、まわりはおしゃべりをやめたものの、ざわざわとした空気は残っている。

「早く教えて！」

「もったいぶらないでっ」

女性からのヤジにも似た、そんな声が飛んで、どっと客たちが沸《わ》く。

それをいったん両手で静めてから、マーティーが再び大きく声を上げた。

「我々は今、『ＡＤⅡ』の撮影終了を祝ってここに集まっているわけです。その出来映えについては、皆さんが誰よりもよくご存じでしょう！」

そんな演説に拍手が起きる。

「来年には全米、そして全世界に向けて公開されるわけですが、『Ⅰ』を越えるヒットを疑うことはできません！」

再び拍手と歓声。口笛も響く。

ジーンはバーボンをストレートでなめながら、ちょっと笑った。

続編というのは、期待が大きい分、第一作を越えるのは難しい。それは、過去のシリーズ作を見てもわかる。

……いや、もちろん、この映画に関していえば自信はあったが。

少しずつレベルを上げていく。脚本も演技も。映像も。少しずつ変化を加え、驚きを加えて。

そうやってようやく、前作の評価を維持できる。

「そして、なんと！　このたび早くも『ＡＤⅢ』の制作が決定されました！」

その言葉に、ひときわ大きく会場が沸いた。

撮影の余韻を引きずる興奮したテンションと、酒が入っているせいもあるのだろう。割れんばかりの大騒ぎだ。

が、さすがにジーンもそれには驚いた。

まったく何も聞いていなかったのだ。発表する前に、少なくとも主演への打診はあるはずだが。

――まさか……。

と、ちょっと、不安の影が胸をよぎる。

「監督はもちろん！　引き続き、クレメン・ハワードに！」

大きな拍手とともに、どうやらクレメンが中央へ押し出されて来たようだ。

グランドピアノの前に立たされて、まわりの拍手に応えるように、わずかに伏し目がちに手を挙げている。

その視線が、一瞬、ジーンと合ったような気がした。

かなり遠かったので、はっきりとはしないが。

「ええ…と。……本当に長い間、お疲れさまでした、皆さん」

こんなハイテンションなパーティーの中でも相変わらずなのんびりとしたトーンで、まわりの空気が少し緩む。

「先ほどマーティーから説明された通り、『ＡＤⅢ』制作の打診を、私はすでに受けています」

拍手と口笛。

「新しく創るのであれば、もちろん、前の二作品を越えるものでなければ意味はありません」

口調は穏やかだが、やはり言っていることは大きい。そう…、ヒットすればヒットするだけ、越えることは難しくなるのだ。

「シリーズとはいえ、大胆に変革させながら、まったく新しい『アップル・ドールズ』の世界をまた創り出してみたいと思います。……つまり」

いったんそこで言葉を切ったクレメンは、ぐるり、と客たちを見まわす。

そして確かにジーンに目をとめて、静かに言った。

「次回作で誰を主役に据えるかは、まだ決定していないということです」

クレメンのその発言に、会場が驚きで一気にどよめく。

主演は、Ⅰ・Ⅱとは違い、ジーンで行くとは限らない——つまり、誰にチャンスがあるかわからない、ということだ。

「……ええ。そうですね。もしかすると、今度は女性を主役にしてみるのもおもしろいと思っていますし」

さらりと続けたクレメンに、キャーッ！　とあちこちで悲鳴にも似た声が上がる。

「別のキャラクターにスポットを当てることも考えられます」

おおっ…、とさらにざわめく声。

「おいおい、クレメン。ホントか、それは？　聞いてないぞ」

そんな発言に、プロデューサーの方が驚いたように、スーツの袖《そで》を引きながら確認している。

どうやら、マーティー自身は、ジーンでいくつもりがあったようだった。スポンサーの意向もあるのだろう。

ジーンはわずかに眉をよせた。

確かに、自分にとって愉快な話ではない。

……が、どういう意味だろう？

もしかすると、クレメンの頭に中には依光のイメージがあるのか。それとも本当に、次は女優を主役にしてみるのか。

あるいは、もう一度、ジーンに奪ってみろ——、と言いたいのか。

「いずれにせよ、来年、また皆さんと一緒に仕事ができるのを楽しみにしています」

そう結んで、クレメンは挨拶を終える。

そして、ざわざわとあちこちで——主に俳優たちだが——今の言葉を推し量る中、クレメンがまっすぐにジーンに近づいてきた。

「……俺はもう、お役ご免というわけですか？」

一口、グラスに口をつけてから淡々と尋ねたジーンに、クレメンが隣に腰を下ろしながら、意味ありげに小さく微笑む。

「それは君次第でしょう。私はまだ何も決めていません」

クレメンがバーテンダーに、ウォッカ抜きのソルティ・ドッグ——つまり、ただのグレープフルーツ・ジュースだ——を頼みながら言った。

スキンヘッドのバーテンダーがわずかに眉をよせ、しかし何も言わずに、グラスにグレープフルーツを絞《しぼ》ったものを注ぎこむ。グラスをわざわざスノー・スタイルにしたのは嫌味なのか、プロ根性なのか。

「俺への報復ですか？」

ジーンは低く尋ねた。

丁寧に礼を言って、出されたグラスを手にとりながら、クレメンがちらり、とジーンを横目にする。

「報復されるようなことをした自覚があるんですか？」

バーテンダーが離れてから、さらりと聞き返され、さすがにジーンは口をつぐんだ。

グッ…、と無意識にグラスをあおり、わずかに喉が焼けるのを覚える。コン…、とほとんど空になったグラスをカウンターにおくと、じっと男をにらむように言った。

「報復されるんなら、やることはやらないと割に合わない気がしますね…」

せっかく、許してやろう——、と思っていたのに。

自分が何を言いたいのか、クレメンにもわからないはずはない。

が、クレメンはわずかに目をそらして、そっとため息をついた。小さく首をふる。

「私を相手にするほど、君は不自由はしていないでしょう?」

……つまり、単なる脅しか冗談だと受け止めていた、ということか……。

ジーンは大きく息を吐いた。

「来てください」

スツールから下りると、クレメンの腕をとり、なかば強引に引きずるようにしてパーティー会場を出た。そのままエレベーターへ押し入れ、最上階のボタンを押す。

パーティーのあとすぐに休めるように、部屋がとられていたのだ。

狭い空間が妙に息苦しく、つかむようにして喉元のタイを緩めた。

エレベーターが止まると、ジーンは乱暴に男を部屋へ連れこむ。スイートのリビングまで来たところで大きなソファへ放《ほう》り投げるようにして、ようやくその腕を離した。

「……乱暴ですね」

わずかに目をすがめ、やれやれ…、と、つかまれていた腕をこれ見よがしに撫でながら、ため息をつくようにクレメンが言った。

「俺はね…、あんたにはふりまわされっぱなしだ」

むっつりと吐き出すように言って、ジーンは冷蔵庫からとり出したミネラルウォーターをラッパ飲みする。

「私が何を？」

いかにも心外そうに眉をよせて、クレメンが尋ねてくる。

「そうでしょう？　俺はあなたがあんなことを言ったから、ここまで来た。あなたの言葉に乗せられるみたいにね！」

クレメン自身が覚えてもいないことで責めても仕方がない。そもそも、責めるようなことですらない。

それはわかっていたが、ジーンはソファにすわり直した男をにらむように見下ろしながら、自分の言葉を止めることができなかった。

「あなたに利用されたわけだ。あなたの理想を創るために。あなたに必要なのは、役の中の俺だけだ。でも俺は――」

そこまで一気に吐き出すと、ジーンは大きく息を吸いこみ、ドン…、と手にしていたボトルをテーブルに乗せる。

クレメンに覆いかぶさるようにして、じりっ、と身体をよせた。

「現実の俺は別にヒーローでもないし、ただの…、普通の男ですからね……。失敗もするし、迷いもする」

現実の自分は――この男の憧れるような男ではない。ヒーローになれない、ただの甘ったれた男にすぎない。

それが、腹立たしい。

自分自身も。そして、クレメンも。

クレメンが顔を上げ、まっすぐに見つめてきた。

「確かに私は、常に自分の憧れるヒーローを創ってきたつもりですからね。もし君が役の中でそうでないのなら、この作品は失敗でしょう」

「光栄ですよ」

静かに言われた言葉に、ジーンは鼻を鳴らし、いくぶん皮肉な調子で返す。

クレメンがわずかにとまどうように、そっと手を伸ばしてきた。指先が確かめるようにジーンの頬に触れる。

触れた部分が、チリッ…、と一瞬、焼けるような熱をはらむ。

「あなたは…、私にとって憧れの男ですよ」

そして静かに言われた言葉に、ジーンは思わず目を見開いた。

「役者は……、自分のイメージや理想を越えてくれる可能性があるからおもしろいのです。それは、あなた自身の魅力ですから」

「……どうして……、そんなふうに、思わせぶりなことを言うんですか？」

そんな言葉に、クッ…、とジーンは唇を嚙んだ。

男から身体を離し、視線をそらしたまま言葉を絞り出す。

「思わせぶり？」

クレメンの怪訝そうな声が背中にかかる。

「俺は…、言いませんでしたか？　あなたに惚れてる、て」

ああ…、というように、クレメンがため息をついた。

それに、カッ…とする。

「やっぱり、本気にしてなかったわけですね」

ふり返り、ジーンは男をにらみながら言った。

「どうして本気にできると思うんです？」

が、クレメンは冷たい口調で言い返してきた。

「あなたには恋人がいるのでしょう？　ロケ地に訪ねてくるような」

「恋人？」

ジーンは眉をよせる。そして、ああ…、とようやく思い出した。

「カーラは妹だと言ったでしょう」

それに、ふん…、とクレメンが鼻を鳴らした。

「そんなことをまともに信じていた人間がいるわけないでしょう。彼女が君の妹なら、きっとイグアナは君の従兄弟《いとこ》で、ハクビシンは君の叔父さんなんでしょうね」

「なんですか、それは……」

無茶苦茶《むちゃくちゃ》な言いように、ジーンはなかばあきれてため息をついた。

「目の色も髪の色も顔も…、あなたと彼女にはどこにも共通点などありませんでしたよ」

そのどこか拗ねているような言い方に、ジーンは、あれ…？　と、初めて思う。

そう。あの時は、まったく気にとめてもいないと思っていたのに。

「……まあ、確かに、俺とカーラじゃ、ＤＮＡに一致するところはないでしょうね」

クレメンの表情を探るようにしながら、ジーンはゆっくりと言った。

「開き直りですか？」

クレメンが憮然《ぶぜん》と吐き出した。

「可愛くないですね。……いや、可愛いのかな……？」

ジーンは肩をすくめてそう言いながら、ふと、思い直す。

こんなにムキになっているのは――。

「噂だと、隠し子までいるそうじゃないですか？　どうしてそんな男の言うことを真に受けることができるんです？」

いらだったように――怒ったように言ったクレメンに、ジーンは思わず、微笑んでいた。

何か、身体の中がむずむずするみたいにくすぐったい。

「カーラは俺の弟の嫁さんなんですよ。……俺に双子の弟がいることも、あなた、知らないんですか？」

それなりに有名な話だ。もっとも、それだけクレメンが自分に関心がない、ということかもしれないが。

「えっ…？」

と、絶句して、見る間にクレメンが狼狽《ろうばい》した様子を見せた。めずらしい。

「では…、彼女が持っていたという写真は……？」

「弟ですよ。決まってるでしょう。子供も、弟の子供です」

「……それは……、すみませんでした。誤解していて」

額を覆うように手をやったクレメンが、落ち着きなく視線を漂わせ、小さな声であやまってくる。

ふぅ…、とジーンは肩で息をついた。

かすかに吐息で笑い、ソファの前に膝をついて、男の顔を下からのぞきこむ。

「あなた、もしかして俺に惚れてますか？」

まっすぐに尋ねたジーンに、クレメンは逃げるみたいに視線を合わせなかった。

「……役者に惚れていなければ、作品を創ろうなどとは思いません」

かたくなに、そんなふうに答える。

「そういう意味じゃないことはわかってるでしょう？」

さらに追いつめるように尋ねると、クレメンは何も答えなかった。

ただ神経質に、指先が眼鏡を直している。

ジーンはその手をつかみとり、指先にそっと舌を這わせた。

ハッ…、とクレメンが息を吞む。

「……あなたを、抱いてもいいですか？」

静かに確認した。

「契約ですしね？」

そしてなかばからかうように——逃げ道をふさぐように、ジーンは小さく笑ってつけ加える。

クレメンは息をつめるようにしてジーンを見つめていたが、やがてそっと肩の力を抜いた。

「こんな…、いい年をした冴《さ》えない男のどこがいいのかな……？　君よりずっと年上ですよ……？」

ため息をつくように尋ねてくる。

「たった六つしか違わないでしょう」

「大きな違いですよ」

クレメンが疲れたように首をふった。

「言ったでしょう？　私は自分にセックスアピールがあるとは思っていませんからね」

かすれた声で小さく笑い、そっと指先でジーンの前髪を遊ぶようにして弾く。

「チョコレートをあげたくらいで、君を餌付《えづ》けできるわけでもないでしょう？」

さらりと言われたその言葉に、ジーンは思わず目を見張った。

「覚えていたんですか…!?」

大きく叫んだジーンに、クレメンの方がその声に驚いたように目を瞬《しばたた》いた。

「十年ほど前の…、マイアミでしょう？　君と最初に会った時」

あたりまえのように言われて、ジーンはほとんどつかみかかるような勢いで、さらに聞き返してしまう。

「あなた……覚えてたんですかっ!?」

「だから覚えていると……」

「俺と会ったことをですよ！」

「もちろん覚えてますよ、それは。印象的な男でしたからね、君は」

あまりのことに、ジーンはしばらく口を開けっ放しのまま、声も出なかった。

そして我に返った瞬間、わめくように声を荒げる。

「どうして言わなかったんですかっ!?」

「聞かなかったじゃないですか？　君の方が忘れているのかと思っていましたよ」

わずかに首をかしげ、何でもないことのようにクレメンは言った。

その言いぐさに、ジーンはなかばあっけにとられたように…、ただしばらく、呆然と男を見つめてしまった。

そんなほうけた顔を見つめ、クレメンがくすり…、と喉で笑う。

「君は魅力的な男ですよ、ジーン。最初に会った時からずっと、そう思っていました」

指先がなぞるように、そっとジーンの輪郭《りんかく》をたどる。

ささやくようにして言われた言葉に、ジーンは思わず息を止めた。

「あれから何度も…、あの時のビデオは見ました。だから『ＡＤ』のオーディションに君の名前を見つけた時はうれしかった。君が役者になったのを知ったから、私はずっと構想にあったあの作品を創ろうと思ったんですから」

そんな男の言葉が胸に沁みこんで、いっぱいになって――溢れ出してくる。

「そんなセリフは……」

知らず、ジーンはかすれた声でつぶやいていた。

「抱いてくれ…、って言ってるのと同じですよ……？」

そのままグッ…と、男の身体を押さえこむようにしてソファへ押し倒す。

「ジーン…！」

あせったように、クレメンが声を放った。

抵抗するように腕を上げた時、指先があたって眼鏡が床へ飛ぶ。

「――ん…ん…っ」

が、かまわず、のしかかるようにしてジーンは男の唇を奪った。

舌をねじこみ、逃げるように動きまわる舌をからめとって、きつく、やわらかく吸い上げてやる。

「ふ……ぁ……」

飲みこみきれない唾液が唇の端からこぼれ落ちるほどになってようやく、ジーンは顔を離した。

身体の下で、クレメンがただ大きくあえぐように息を継ぐ。

その力の抜けた両腕を捕らえ、ソファの座面に縫いとめたまま、ジーンはじっと男の顔を見下ろした。

「こんな…、身体を抱いてもつまらないでしょう……？　――だから……もう……」

クレメンが首をふりながら、必死に言葉を押し出す。

「つまらないかつまらなくないかは俺が決めることですよ」

が、ジーンは突き放すように言った。

「しかも、やってみないとわからない」

それにクレメンが顔をしかめた。

「リテイクできることじゃないんですよ…」

「そうですか？」

が、そんな言葉に、ジーンはとぼけるように返した。

「あなたが満足できないのなら、何度リテイクしてもいいんですけどね、俺は」

にやり、と笑って言ったジーンの言葉の意味を、クレメンもようやく悟ったようだ。

「そんなことは……」

サッ…と顔を赤くし、うろたえたようにうめいた。

ジーンは片手を上げると、指先できゅっ、と男のタイを解《ほど》く。

「ジーン…！」

びくっ、と身体を震わせ、かすれた声を上げた男の、とまどった表情が楽しい。

「満足させてあげますよ。……きっと、撮影よりはリテイクが少なくてすむと思いますけどね」

くすっ、と笑って言った言葉に、クレメンが答えようもなく顔を背けた。

ジーンは器用に男のジャケットを脱がし、指先でシャツのボタンをゆっくりと外していく。

「――……っ…！」

すっ…、とはだけさせたシャツの隙間から指を差しこみ、肌を撫で上げると、クレメンが息をつめたのがわかった。

「……ああ、むしろ、俺がリテイクを出すこともできるのかな？」

するり、と手のひらで男の脇腹を撫で上げながら、ジーンは覆いかぶさるように男に身体を重ね、耳元でささやくように言った。

「あなたの感度が悪いようならね」

言いながらジーンは男の胸を撫で、小さくとがらせている乳首を軽く押しつぶした。

「あぁ…っ」

びくん、と男の身体が跳ね上がる。

ジーンは密やかに笑みをもらした。

「どうやら、その心配はないみたいですけどね……」

そんな言葉に、クレメンが明らかに顔を赤くする。それでも歯を食いしばるようにして、ジーンをにらんできた。

「……知りませんよ。満足できなくても……、私は忠告したんですから」

そんな強がりのような言葉に、ジーンは低く笑った。

「教えてあげますよ。あなたが今まで…、こっちの悦びを知らなかったんならね」

言いながらジーンは男の乳首を摘み上げ、きつく押しつぶす。

大きくシャツをはだけさせて胸をあらわにすると、すでに赤く色づいた小さな粒を口に含んだ。

「——く…っ、……ん…っ」

必死に声を抑えようとする男の表情に、下肢が熱くなる。

固く芯を立てた乳首をくすぐるように舌を這わせ、丹念になめ上げると、たっぷりと唾液をからませる。

濡らして敏感になった乳首をさらに指先でもてあそびながら、ジーンはもう片方の手をゆっくりと男の下肢へとすべらせた。

片手でベルトを外し、ファスナーを引き下ろす。

「ジー…ン…っ！」

抗議するような声にかまわず、下着の中へ手を差しこむ。

手の中に収めたその感触に、くっ…、と喉で笑った。

「もう硬くしてるじゃないですか。まだ胸をいじっただけですよ？」

あえて嫌らしく耳元でささやいてやると、クレメンがこらえきれないように視線をそらせる。

「はっ…、あっ…あぁ……っ！」

手の中で男のモノをこすり上げ、先端を指先でもむようにしただけで、クレメンの身体が大きくうねった。快感の証《あかし》が指先を濡らし、ジーンはそれをすくいとると、こすりつけるようにしてさらにしごいてやる。

「ふ…、うっ…あぁっ…、あぁぁ……っ」

大きく腰をまわすようにし、クレメンがあえいだ。

「いい声だ…」

クッ…、と笑うように、ジーンは低くつぶやく。

なるほど、自分の手の中で思い通りに役者を動かす、という快感と、あるいは近いのかもしれない。

ジーンはいったん手を離すと、男のズボンを下着ごと、一気に脱がした。

無防備にさらされた下肢を隠すように、クレメンが反射的に足を閉じたが、ジーンはその膝をとって強引に大きく広げさせる。

「ジーン…！　やめ……っ…」

顔を隠すように両腕で覆い、クレメンが声を上げる。

それにかまわず膝を折り曲げると、軽く腰を浮かすようにして、ジーンは男の中心に顔を埋《うず》めた。

さっき手の中で可愛がったモノを、今度は口でしごいてやる。

男の中心はあっという間に硬くしなり、ジーンの口の中で大きく成長していく。

「ひ…ぁ……っ…！」

根本をこすりながら、先端を軽く吸い上げてやると、クレメンの身体が大きく跳ねた。

いったん口を離すと、先の小さな穴からとろとろと蜜《みつ》をこぼしながら、クレメンのモノは確かな快感に震えていた。

それをすくい上げるようにして指先にとり、ジーンはそっと奥を探っていく。

さらに男の腰を浮かせ、わざと淫《みだ》らな格好で、大きく足を開かせたまま。硬くすぼまった一番奥まで行き着くと、指先でその部分を押し広げ、ねっとりと舌を這わせてやる。

「――や…っ…、ジーン…！　そこは……っ…」

身体をよじり、クレメンが息も絶え絶えに叫ぶ。

「ダメですよ。契約だったはずだ」

指先でまだかたくなに拒んでいる襞《ひだ》をなぶりながらそう言うと、クレメンがくっ…、と唇を噛む。

腰を押さえこみ、ジーンは舌先でさらにその部分を濡らしてやった。

舌と指で丹念にほぐし、溶かしていく。

指を一本、差しこみ、丁寧に馴染ませて。初めはぎちぎちだった部分が、それでもゆっくりと指の大きさを覚え、かきまわされるたびに熱く体温を上げて、慣らされていく。

苦しげな、切なげな、あえぐようなかすれた吐息が男の唇からこぼれ、ジーンはたまらなくなって、その唇にキスを落とす。

「大丈夫。満足させますよ。……こっちでもね」

言いながら、指を二本に増やし、大きく抜き差しする。

「――あぁぁぁ……っ！」

中でぐるりとまわしたとたん、どこかイイところにあたったのか、クレメンの身体が大きく爆《は》ぜた。

「イキそう？」

小さく笑いながら耳元で尋ね、前にまわした手で確かめると、男のモノはすでに硬く張りつめ、腹につくほどに反り返していた。

「ジ……ン……」

何かを請うように、クレメンが小さな声を絞り出す。

「もう…、やめてください……っ！」

中に含んだ指を締めつけながら、泣きそうな声でうめいた。

「どうして？　セックス…、嫌いですか？」

くすくすと笑いながら、ジーンは意地悪く聞いた。

前も後ろも、手を動かすのはやめないままに。

「あなたは…、セックスで快感を感じたことがないんですか？」

「一度…、結婚は……しましたけどね……」

荒い息の合間に、クレメンが言葉を押し出した。

「じゃあ、奥さんを満足させられずに逃げられた？」

その言われ方に、さすがに一瞬、ムッとしたようだが、クレメンは小さく首をふった。

「……どうでしょう。確かにそれも……一因かもしれません……。淡泊…、だったのでしょう……」

「淡泊？」

が、その言葉にジーンは喉で笑った。

「こんなにいやらしく腰をふってるのに？」

「――なっ…、……やめ……っ！」

ジーンはいったん手を離すと、強引に男の腕を引くようにしてうつぶせに組み伏せた。

腰を高くかかげさせ、さんざん指でいじった部分に舌をねじこんで執拗《しつよう》になぶる。

「――は…、あ…、あぁぁ……っ！」

クレメンがガクガクと大きく腰を揺らした。

「ジーン…！　もう……、こんな……っ…」

さらに恥ずかしい格好に、クレメンが声を上げる。

そんな声が、表情が、胸を疼かせる。

自分より六つも年上の、いいオヤジなのに。

この顔を見ているだけで、そろそろ自分の方が我慢できなくなりそうだった。

痛いくらいに、ズボンの中で自分の前も張りつめているのがわかる。

二本、含ませた指を、ジーンがゆっくりと引き抜こうとすると、あっ…、とうろたえたような声を上げて、クレメンの腰は引き止めるようにきつく締めつけてくる。

「あなたのココは、どうやら俺の指がお気に入りみたいだな…」

背中から意地悪く耳元で言うと、クレメンは答えられずに顔をソファにこすりつけた。

密やかに笑いながら、ジーンは背筋にそってそっとキスを落とした。

「あぁ……」

それにも感じるのか、クレメンが大きく背中をしならせる。

谷間まで唇をすべらせ、ジーンはようやく自分の前を開く。押しこめられていたモノが、すでに限界を訴えるように飛び出してきた。

ジーンは熱く潤《うる》んで準備のできたところに、自分の張りつめたそれを押しあてた。存在を教えるように、何度もこすりつけてやる。

「あ…」

さすがにそれが何かはわかったのか、びくっ、と男の身体が震える。

「息を吐いて」

背中から、ジーンは忠告した。

そして、次の瞬間――ぐっ、とそれを押し入れる。

「――ふ…っ、う…っ、――あっ…あぁ……っ…！」

クレメンが背筋をのけぞらせ、ジーンは自分のモノがきつく締めつけられるのを感じた。

痛みとともに、頭の芯が真っ白になるような快感に襲われる。

うっ…、と、知らず低い声がこぼれてしまう。

それでもようやく少し緩んだところで、ジーンはゆっくりと動かし始めた。深く、浅く、背中から突き上げ、身体の一番奥でつながっていく。

「もう…っ、……やめて……ください…っ…。おかしく……っ……あぁ……っ」

身体の下でクレメンが首をふり、必死にうめく。

「やめるわけないでしょう…？　こんなにイイのに」

「――あぁ………っ！」

かすれた声で無慈悲に返しながら、下から大きく揺すり上げると、クレメンがこらえきれないようなあえぎ声をもらす。

触れられないままにその中心は反り返り、先端からはポタポタと蜜をこぼしていた。

「あなたも……、感じてるじゃないですか…？」

前にまわした手で男のモノをこすり上げてやると、さらに声を上げ、ぎゅっと圧迫されるのを感じる。

「——あ…、もう……！」

指先で濡れた先端をなぞると、こらえきれないようにクレメンが身体を震わせた。

「いいですよ…」

男の髪を撫で、ジーンは優しく言った。

「これで終わりじゃないですけどね」

そして、そう続けた次の瞬間、一番奥まで突き上げてやる。

「は…、んっ…、——あぁぁぁぁ………っ！」

びくっ、と身体を震わせ、クレメンが前を弾けさせた。

同時にきつく締めつけられ、ジーンも男の中へ放つ。

ぐったりと力を失ってソファへ伏した身体から、ジーンはゆっくりと自分のモノを引き抜いた。

だがそれはまだ、力を残している。ぜんぜん足りない、というみたいに。

わずかに汗ばんだ男のうなじを撫で、そっと背中から抱きしめた。

「あなたが……、抱きたかったんですよ」

あなたでいい――というわけじゃなく。

その言葉の意味がわかったのか、応えるようにクレメンの指がそっとジーンの腕に触れてくる。

じわり、と胸が熱くなり、ジーンはそっと手のひらを男の前にまわした。

優しく胸を撫で上げ、指先で小さくとがった乳首をなぶって。

「あ…」

びくん、と男の身体が反応したのがわかって、唇を肩口から背筋へと落としていく。

わずかに腰を持ち上げて、膝を広げさせて。

「ジーン…、もう…っ」

ようやくその意図を悟ったのか、うろたえたようにクレメンがうめいたが、聞く気はなかった。

収まるはずもない。

内腿《うちもも》から前へまわした手で、男の中心をしごいてやる。

しっとりとやわらかく溶けている後ろに指を差しこむと、自分の出したものがとろり…、と腿を伝って流れ出してくる。

そのまま指でかきまわすと、恥ずかしく濡れた音が密やかに響いて、クレメンが小さく唇を噛む。

それでも男の腰は、ジーンの指を深くくわえこもうとうごめいていた。

ジーンは前をなぶっていた手を離し、そっと男の前髪を撫で上げた。

「続きはここでしますか？　それともベッドがいいですか？」

その二つしか、選択肢は与えない。

答えない――答えられないでいるクレメンに、ジーンはうながすように、前と後ろを同時に指でなぶってやる。

「や――…、あっ…あぁっ……！」

腕の中で男の身体が熱く高まり、大きくよじれた。

先端からは蜜が止めどなくこぼれ落ち、中をかき乱すように指を動かすたび、後ろもはしたなく締めつけてくる。

ギリギリまで追い上げてから、ジーンは同時にその手を止めた。

「――ここでいいんですね？」

そして、もう一度、確認する。

大きく肩であえぎ、硬く目を閉じたまま、クレメンがようやく口を開いた。

「ベッド…で……、お願いします……」


主役が二人ともいなくなり、パーティーがあのあとどうなったのかもわからない。

気がついた時、すでに夜の十二時をまわっていた。

砂漠のロケ地なら、頭の上に月と星くらいしか見えないが、ホテルの窓からは眼下に虹《にじ》のような華やかな光が溢れている。

「……あなたとは年も体力も違いすぎるのですから。もっと考えてくれないと」

水を飲みながら、夜景を眺めていたジーンに、ベッドからクレメンがぶつぶつと文句を垂れた。

「俺のせいですか？」

とぼけるように言って、ジーンは小さく笑う。

ゆっくりとベッドへ帰ると、年上の恋人の上にかがみこみ、ささやくようにして確認する。

「もっと、もっと、って。いやらしく腰をふってせがんできたのはあなたの方だと思いましたが？

――いたっ…！」

無言のまま、くるまったシーツ越しにクレメンの肘がジーンの顎にヒットする。

「主演俳優の顔ですよ…？　ずいぶんな扱いだな」

顎を撫でながら、ジーンはうめいた。

そして、ふてたように枕《まくら》に顔を埋めている男に尋ねてみる。

「『ＡＤⅢ』、本当に女優を主役にするつもりですか？」

その問いに、ようやくクレメンが薄目を開けて、ジーンを見上げてきた。

「気になりますか？」

淡々とした口調で聞かれて、ジーンは肩をすくめる。

「そりゃあね。ＡＤと言えば、俺の代表作になるわけだし」

ふっ…、とクレメンが吐息で笑った。

「あなたにどれだけ可能性があるか…、ですよ」

「まだまだ、俺の魅力はこんなものじゃないですけどね」

不遜に言いながら、ジーンは指先でそっと、シーツの上から男の身体をなぞる。

「出資してくれますか？」

わずかに身をよじりながらも、冷静な声で聞かれて。

「ピロートークでビジネスですか……」

ジーンは思わず眉をよせた。

「始めたのはあなたですよ」

……確かにそうだ。

肩をすくめて、ジーンはベッドから立ち上がった。

サイドテーブルに、ホテルのサービスだろう、ロゴの入ったヴィンテージグリーンのチョコレートの箱がおかれている。何気なくその蓋《ふた》を開けながら、ジーンは返した。

「どのくらいです？」

「それは要相談ですね」

「俺のギャラは歩合になるわけですか？」

「そうですね」

つまり、成功させられれば実入りは大きい、ということだ。

……むろん、失敗すれば百万ドル単位で失うのだろうか。

ふむ…、と考えながら、ジーンは丸いチョコレートを一つ、口の中に放りこむ。

そして、にやり、と笑って尋ねた。

「もちろん、あなたの身体も契約に入ってるんでしょうね？」

それに、クレメンがうなるように答えた。

「撮影中はダメです。それは譲れませんよ」

思わず、ジーンは大きなため息をついた。
撮影中、ということは、何カ月も、ということだ。
どう考えても、それは無理だった。
一緒にいるのだ。同じ現場に。
それで何カ月も我慢しろ、というのは拷問《ごうもん》に等しい。
隙を狙うしかないかな……。
と、心の中で勝手に解釈する。
「――で、俺が主演ですか？」
確かめたジーンに、クレメンがそっと笑った。
「あなたがいい子にしていたらですね」
するりとシーツの中から腕が伸びてきて。
ジーンはその手をとると、そっと身をかがめて、できたての恋人に口づける。
ふわり、と甘いチョコレートの香りが相手の舌先に移っていた――。

プレビュー

電話のコールが聞こえた時、クレメン・ハワードは旅行支度を調えているところだった。

出発はまだ三日ほど先だったが、ぼちぼち、というところだ。

季節はようやく暖かくなろうかという三月下旬。

ふだん世話を焼いてくれる年配の家政婦が月の初めに階段から足をすべらせて骨折してしまい、いまだに入院中なのだ。

映画監督という仕事柄、家を空けることはしょっちゅうだ。ロケなどの撮影中もそうだし、今のように新作が公開される前後はそのプロモーションで全米、さらには世界中を飛びまわる。撮影のことならともかくも、もともとが不器用でスローペースなこともあって、支度はなかなかはかどらないでいた。

寝室でスーツケースを開けてもたもたと衣類をつめ、馴染《なじ》んだ枕《まくら》を持って行くべきだろうか…、と悩んでいると、開けっ放しの扉のむこうから電話の鳴る音が聞こえてきた。

ベッドの上を乱雑に散らかしたまま、クレメンはため息をつきつつリビングへ向かう。

『いたんですね…。携帯、出てくださいよ』

もしもし、と出たとたん、不機嫌な男の声が耳に流れこんできた。

聞き慣れた声。ジーンだ。ユージン・キャラハン。

公開間近であるクレメンの映画の主演俳優だった。

その不機嫌な調子からすると、何度か携帯にかけていたらしい。

「すみません。家にいる時は携帯はカバンに入れっぱなしなんですよ」

そんなクレメンの言葉に、相手が大きなため息をつく。それでも気をとり直すようにして言った。

『今、空港なんです。今からそっちに行ってもいいですか？』

そんな言葉に、一瞬、ドキリとした。

なるほど、バックからは空港特有のざわめきやアナウンスがくぐもって聞こえている。そういえばニューヨークで、今度の映画の宣伝がてらテレビ出演があると言っていたのを思い出した。その帰りなのだろう。それはわかるが。

「何か用が？」

何気なくクレメンが尋ねた瞬間、長い沈黙が落ちた。

『用がなけりゃ、行っちゃいけませんか？』

ようやく返った答えのそのつっけんどんな言い方に、怒らせたようだ…、とさすがにクレメンも気がつく。ただ、何が彼を怒らせたのかは、正直、よくわからなかった。

「かまいませんが、君もいそがしい身体《からだ》でしょう？」

『わかりました。……ええ、重大な用があるんですよ。あなたを抱きにいきます』

ムッとした口調できっぱりと言われ、さすがにクレメンはとまどう。

「……ええと。それはちょっと」

『どうしてです？　恋人じゃなかったんですか？』

今度はクレメンが沈黙する番だった。

恋人――。

ちらっと視線が、無意識にリビングのテーブルに流れる。おきっぱなしだった雑誌の表紙が目に入った。

〈ユージン・キャラハンの新しい恋人は二十歳の美人モデル！〉

そんな煽《あお》り文句とともに、若い女性との濃厚なキスシーンが表紙を飾っている。どこかのパーティー帰り、といった感じだった。

昨日、プロデューサーのマーティーが来た時に持ってきたものだ。

――ジーンも相変わらずだな……。まぁ、いい宣伝だ。

そんなふうに笑いながら。

世界的な人気俳優は華やかな恋愛ゴシップに事欠かない。ジーンがクレメンにいちいち言い訳することはなかったし、言い訳すら必要のない、ありふれた記事なのだろう。

実際、独身なのだから恋愛を謳歌《おうか》して悪いわけではない。

クレメンにしても、それをとやかく言うつもりはなかった。……たとえ、自分たちの間に身体の関係があるにしても。

ジーンがどこまで自分に本気なのかはわからない。彼にとっては、変わり種な「恋人」の一人なのかもしれない。そもそも六つも年上の、くたびれた四十男を相手にする意味がわからないのだ。

確かに、自分は映画監督として少しは名が知られているのかもしれない。が、世界的な俳優であるジーンが今さら自分に媚《こ》びを売る必要はなく、肩書きをとっ払ってしまうと、本当に生活能力のない、しょぼくれた中年男でしかないのだ。

映画のクランクアップ以降、何度か求められて身体は合わせた。……もっとも、なんだかんだと逃げていることも多かったが。

ひどく落ち着かない気分だった。

もともと……淡泊な方だと思う。ずいぶん前に結婚も一度したが、二年ほどで離婚していた。相手は今も女優をしているが、当時は新人で、勢いに押し切られたような結婚だった。結局、妻が若い俳優と浮気をして別れたわけだが、彼女としては自分に不満だったのだろう…、と、むしろ申し訳ない気持ちでもあった。

常に仕事が——映画のことがクレメンの中心で、ベッドの中でもそれほど情熱的だった記憶はない。あえぐ妻の顔を見ながらも、カメラのアングルを考えるような。

——なのに。

ジーンには引きずられる。自分を失うほど翻弄《ほんろう》されてしまう。頭の中も、——身体も。

自分が変わっていくようで恐かった。あの最中に自分がどんな声を上げ、どんな恥ずかしい格好で男に抱かれているのか。

夢中になるのが……、溺《おぼ》れてしまうのが恐かった。

自分の思うような映画が作れなくなりそうで。そうでなくとも、まだしばらくはジーンを俳優として、見なければならないはずなのに。

『クレメン?』

沈黙が長すぎたのか、ジーンがいくぶんいらだったように聞き返してくる。

「その…、体調があまりよくないので」

クレメンはようやく返した。

『わかりましたよ…』

ハァ…、と何かあきらめたようにあからさまなため息をついて、ジーンがうめく。それでも念を押すように確認してきた。

『今度のジャパン・プレミアは行きますよね？』

「その予定になっています」

今週末の出発で、その旅行準備だった。基本的に腰は重いのだが、さすがに自分の映画の宣伝だ。俳優だけに丸投げするわけにもいかない。

『だったらその時に』

ジーンが挑むように言ってきた。

『覚悟しといてください』

……覚悟って……？

じゃあ、と言って切れた電話の子機を握ったまま、クレメンはしばらく立ちつくしてしまった。

それでもホッ…と息をつき、ようやく充電器にもどす。

自分の映画の公開を待つこの時期はいつも期待と不安に襲われるものだが、今回はいつも以上に余裕がないような気がした。

今までと違うことは何もない、と思うのに。ジーンとだって、映画のプロモーションはこれで二度目だ。

――いずれにしても、ジーンが飽きるまでだ……。

そんなふうにも思う。

こんな関係は、いずれ自然消滅してしまうのだろう。妻との時のようにわずらわしい法律関係がない分、さらに簡単に切れる。

ジーンを主役にした映画『アップル《A》・ドールズ《D》』は、今度公開になるので二作目だ。幸いヒットシリーズとして三作目を打診されている。

ジーンとこういう関係になったから、というわけでもなく、この先の方向性についてはまだ迷っていた。

三作目ともなると、やはり変化は必要だ。

ジーンをシリーズの主人公から外すということは、今のところ考えていなかったが――スポンサーも許さないだろうし――しかし以前、映画の打ち上げで言ったように、次は外伝的に脇《わき》のキャラクターをクローズアップしてみてもおもしろいかもしれない。

あるいは、ジーンが主役のままでも、新しい重要なキャラクターを入れてみるとか。

ぼんやりと考えていたらいつの間にか窓の外が薄暗くなっていて、クレメンはあわてて散らかしたままの寝室へともどった――。

◇　◇

今回はジャパン・プレミアを皮切りにアジア数カ国をまわるプロモーション・ツアーで、機体に派《は》手《で》なペインティングが施されたチャーター機が用意されていた。

映画のタイトルと、主要なキャストの巨大な顔が印刷されたやつだ。滑走路にいるその機体を、空港ビルの窓から眺めるだけでもかなりの迫力だろう。

それもあってか、出発前の展望デッキには報道陣が鈴なりになっているのが、ジーンも機体の窓から見ることができた。

ついさっきまで、プロデューサーのマーティーと監督のクレメン、そして主演俳優である自分とのスリーショットを、この機体の下で撮影していたのだ。

やはりこの映画に出演していた日本の俳優、瀬野千波《せのちなみ》とは日本で合流することになっている。

ジーンにとっては千波や、そして飛び入りで映画に参加していた千波の友人——というより、恋人の片山依光《かたやまよりみつ》と再会できるのも楽しみだった。

今回、アジア方面のプロモーションで表に出るのは、マーティーとクレメン、そして役者では自分と千波くらいだったが、チャーター機の中にはもちろん、他《ほか》のスタッフも何人か帯同していた。医者やメイクや、それに広報の関係者。

そして千波の代役《スタンディング》をしていたミハルが、「里帰りの費用を浮かせたいんでっ！」と日本まで乗ってくる代わりに雑用を引き受けているらしい。

事故で視力を落とす前は海兵隊で戦闘機乗りだったジーンにとって、やはり民間機とはいえ飛行機に乗るのはわくわくする。ジャンボジェットではなく、チャーター機くらいの大きさも好きだし、ちょっとだけ操縦させてくれっ、と言いたいくらいだ。とりわけ離陸や着陸。……いや、もちろん、機長と操縦を代わらなければならないような緊急事態《エマージェンシー》を希望するわけではないが。プライベート・ジェットも持ってはいたが、それより少し大きめだ。

あとで操縦室へ入れてもらおう、と、それも今回のツアーでは楽しみの一つだった。

普通の旅客機では、航空法がうるさくなった今、世界的俳優のカオをもってしても入れなくなっている。

離陸します、と機長から案内が入り、やはり戦闘機とは比べものにならないが、次第に加速していくスピードとふわっと浮き上がった一瞬の感覚に、ジーンは知らず頬《ほお》が緩む。身体が重力から解放されるようで、気持ちまで浮き立ってくる。

だがこの感覚は、どうやら多くの人間にとっては苦手なものらしい。

ふと通路を挟んだ横の席を見ると、クレメンがきつくまぶたを閉じて青い顔をしているのが目に入って、思わず苦笑してしまう。

妙にカワイイ…、と思ってしまう自分が不思議だった。

こんな……四十なかばの、野暮《やぼ》ったい黒縁眼鏡《めがね》の男に。

どこにでもいるような、それこそ自分の撮る映画のエキストラに交じっていても、なんら違和感はない。

クレメン・ハワード——それが次々と記録的なヒットを飛ばす、世界的な映画監督なのだ。

とりわけ娯楽大作を得意としているため、扱いの派手さに比べて本人の地味さがギャップを生んでいる。

ずっと何年も、この男の視界に入るために地道な努力をしてきた。海兵隊を離れてから、まったく畑違いの俳優という仕事をゼロから目指して。

意地でも、憧《あこが》れでもあったのだろう。

ようやく一緒に仕事ができるようになって…、すぐそばでその仕事を見て。感じて。

その世界に呑《の》みこまれた。その痩《や》せた身体の中に広がっている、世界の大きさに。

と同時に、惹《ひ》かれたのだろう。

クレメンの中にある想像《イメージ》と、そして現実のクレメンに。そのギャップがおもしろく、そして、愛《いと》しくて。

もともと何のコネもなく、まったくのゼロから自分の実力だけで、これだけの富と名声を手にしていながら、いつまでも他人に慣れないような不器用さ。

いつも現実世界にとまどっているような…、その分、いつも新しい何かを発見しているような無邪気さ。

なんなんだろうな…、と正直、自分でも思う。

こうして横顔だけ見ていると、どこがいい、とも思えないのに……やはり目が離せなくて、一緒にいるとわくわくしてくるのだ。

特にベッドの中での、四十男のくせに、本当に初々しいばかりのクレメンは。

思い出して、思わずにやりとしてしまう。

飛行機が離陸し、高度が安定してシートベルトを外せるようになると、ようやくクレメンがホッとしたように息をついた。

「飛行機、苦手なんですか?」

自分のシートベルトを外しながら、ジーンはくすくすと笑って尋ねた。

ロケハンでも、こんなプロモーションにしても、いいかげん乗り慣れていていいはずなのに。

シートはファーストクラス並にゆったりとしているし、食べ物や飲み物や、音楽や映画やゲームや、そんな娯楽にも事欠かない。優雅な空の旅だ。

「ダメですね…。胃の中がぐるぐるします。耳の奥も痛いし」

クレメンはぐったりとシートにもたれたまま、額を押さえてうめくように答える。

「そんなんじゃ、3Dの映画は作れないいんじゃないですか？　娯楽大作だと、これからは主流になるかもしれないのに」

「それとこれとは別ですよ」

ようやくこちらにちろっと顔を向け、ムッとしたようにクレメンが返してくる。

「そうかなあ…」

からかうように言っていると、旅費分はしっかり働くつもりか、ミハルが「ただ今より、お飲み物をご用意いたしまぁす」と後ろからCAを真似《まね》た調子で声をかけてくる。

「ああ、コーヒー、頼むよ」

ふり返って答えたジーンに、俺《おれ》の分もよろしくー、とクレメンの前の席にいたマーティーが答え、クレメンがぐったりとしたまま小さく片手を上げて、自分も、とアピールする。

「クレメンも飲むって」

代わりにジーンがオーダーしてやった。

「早々で申し訳ないですが、少し打ち合わせをよろしいですか？」

仕事熱心な広報スタッフの言葉で、一同が後方に準備された少し広めのテーブル席へと移動した。

ちょっとしたオフィス並にスタイリッシュなソファとテーブルが設置されていたが、さすがにしっかりと壁や床に固定され、折りたためるようになっているらしい。

そこで十分ほど、日本でのスケジュールの説明を受ける。

日本には三日間の滞在予定だった。一日目の午前中に到着予定で、三日目の午後には次の目的地へ出発するから、実質的には丸二日、というところか。

到着した日の午後に共同の記者会見があり、レセプションがあり、二日目の夕方からプレミア試写会となる。三人——千波を入れて四人そろっての場合もあるし、単独の場合も多いが、個別のテレビ出演があり、合間をぬって取材が入りと、分刻みでスケジュールはびっしりだ。

「えー、秋葉原《あきはばら》、行く時間ないの？」

「いえ、……ええと、二日目に二時間、三日目に一時間、フリーの時間がとれるはずですが」

マーティーが不満そうにぼやいたのに、スタッフがあわてて補足する。

「たったっ？」

オーマイゴー！　と叫びそうな大げさな様子で、マーティーが両手を上げる。

「どこか、行きたいところがおありですか？　食べたいものとか？」

そのプロデューサーの視線から逃げるように、スタッフが愛想笑いでジーンやクレメンに向き直って尋ねてきた。

「まぁ…、俺はトーキョーをぶらぶらできればいいけどね」

「ぶらぶら…、ですか」

コーヒーに口をつけながら軽く答えたジーンに、ハハハ…、とスタッフがおもしろい冗談を聞いたみたいに、乾いた笑い声を上げた。

……まあ、確かに自分がぶらぶらと街中を歩くと、いろいろと面倒《めんどう》な問題が出てくるのだろう。

「キョートキョート！　フジヤマフジヤマ！」

横からマーティーがしつこく口を挟む。

「今回の日程ではちょっと無理だと……」

あからさまにプロデューサーを無視することもできず、それにスタッフが引きつった笑みを返す。

「千波や依光たちとはいつ会えるんですか？」

コーヒーのおかげかようやく少し復活したらしく、クレメンが二杯目をミハルに頼みながら、思い出したように口を開いた。

「瀬野さんは初日の記者会見も、二日目のプレミアの方にも参加される予定です。……ええと、ヨリミツ、というのは……？」

スタッフがファイルをチェックしながら答え、そしてちょっと眉《まゆ》をよせて聞き返してくる。

「ああ…、いえ、いいですよ」

それにクレメンは軽く首をふった。

行きがかり、というか、ロケ中にスタント代わりのほんの端役で参加した依光は、一応、名前はクレジットされていたが、ことさらそれを公表しているわけではなかった。アメリカ人の広報スタッフが知らないのも当然だ。

あるいは日本では、彼の名前を千波の名前と一緒に出すことでかなりのニュースバリューにはなるのかもしれないが。

ジーンは千波が正式にキャスティングされる前に、千波の日本での事件については聞いていた。そのあとで撮られたという、若手のミュージシャンのＰＶも見せてもらった。依光と千波の、ふたりの

「ラブシーン」だ。四分ほどの曲の中の、ほんの一瞬ではあったが、日本では相当な話題になったらしい。おそらくクレメンも見ているはずだった。

千波のもとへ……砂漠のロケ地まで依光がやって来たあと、もう一度、ジーンはそれを見直した。日本語の歌詞はわからなかったが、本当に美しい、純粋な映像だった。ふたりの強さを感じるような。

しかし今回のプロモーションで、クレメンにあえて依光の名前を出すつもりはないだろうし、ジーンにしても同じだった。マーティーや、広報関係者はまだ、依光の出演に気づいていないのだろう。

プロモーションのためなら、どんなシビアな、えげつない手段も辞さない世界だ。知られていれば故意に週刊誌にリークされることもあり得るが、映画が一般公開され、ちょい役で日本人離れしたメイクがされた依光の姿がコアなファンに発見されるまでには、日本でのプロモーションも終わっているはずだった。

「……で、次の『ＡＤⅢ』についてはどこまでしゃべっていいんだい？」

ちょっとまじめにクレメンに向き直って、マーティーが尋ねている。

「それはあなたが決めることなのでは？」

他人事みたいにクレメンが答えた。

「次回予告的なリップサービスをしてもいいかと思ったんだが、……けど、結局、制作決定！　くらいしか言えることはねぇんだよなぁ…」

マーティーが薄くなった頭を撫《な》でてうめいた。

「主演はもちろん、キャラハンさんですよね？」

広報スタッフがやたらと笑顔で、おもねるように聞いてくる。

「さあね…。監督はひねくれ者だから。……どうなんです？」

とぼけた様子で、いくぶん皮肉をこめてジーンは尋ねた。

「そうですね…。多分、主演は君でしょう」

だがそれに、相変わらずきまじめな表情のまま、クレメンが答える。

「多分、ですか」

いくぶん不服げに、ジーンはうめいた。

クレメンの多分、は本当に多分、だから恐い。

「まだ方向性を迷ってんだよな？　今度はちょっと恋愛路線を強めてみようか、ってさ。若手のセクシー女優でも入れて」

コーヒーをすすりながら軽く口を挟んだマーティーの言葉に、ジーンは一瞬、目を見張った。

「セクシー女優の投入って……、本気ですか？」

思わず、横のクレメンを見つめる。

驚いた、というか……なんだ、それは？　という気持ちだった。

「ＡＤ」のシリーズは、主要なキャストに女優も入ってはいたが、ことさら恋愛色が強い作品ではない。むしろチームの中の確執や友情、からみ合ったプロットのおもしろさ、そしてアクションの斬新《ざんしん》さが受けているところだと思う。

しかも恋愛ということは――やはり主役である自分とのからみ、ということになるのだろう。

「ベッドシーンとかもね」

が、さらりとクレメンの口から落ちた短い言葉の意味が頭の中で理解できるまでには、数秒が必要だった。

――ベッドシーン？

「ベッドシーン？」

一拍遅れて、思わず声に出る。

「まさか…」

呆然《ぼうぜん》とつぶやいたジーンに、マーティーがわざとらしくからかうような声を上げる。

「おいおい、ジーン、そこは喜ぶところじゃないのか？」

そう。若手の女優やモデルとの噂《うわさ》も多い自分なら、当然そう思われるのかもしれない。

「……そりゃまあ、相手によりけりですけどね」

ようやく一呼吸おいて、ジーンはさらりと言った。

ここでクレメンにつっかかるわけにはいかない。自分たちの関係がどれだけ危ういものかは、ジーンも自覚していた。バレたら、世界的なスキャンダルになるだろうことも。

その時はその時だ、という気持ちはあるが、さすがに今はまずい。それに、クレメンをハイエナのようなパパラッチの前に立たせたくはなかった。

自分とは違う。そんな好奇な目にさらされるのに慣れてはいないだろう。

「そうそう。うれしいだろ？　好みはあるか？　やっぱり俺的にはダイナマイト・ボディで花を添えてほしいとこだけどなー」

「でも…、『AD』のいいところは、変に恋愛モノにならないところじゃないんですか？」

身を乗り出してきたプロデューサーの問いをかわすように、ジーンはそんな言葉で反論していた。

それが的を射ているだけに、マーティーが困ったような顔で頭をかく。

「そうなんだよなあ…。そこが難しいところだが。だが次で三作目だろ？　このへんで変化もつけないとな」

そんな言葉を聞きながら、ジーンは相変わらず茫洋《ぼうよう》とした顔でコーヒーを飲んでいる男の横顔を、無意識ににらみつけていた。

暗い、もやもやとした思いが胸の奥から湧《わ》き出してくる。

——どういうつもりだ、クレメン……？

◇

◇

空港では大変な騒ぎだった。

到着待ちをしていたファンは千人を超え、制止する警備員を押し切るような勢いで押しよせて、すさまじい歓声に耳鳴りがするくらいだ。携帯のシャッター音が響き、メディアのフラッシュがシャワーのように浴びせられる。

が、それもほとんどジーン一人に向けられているものなのだろう。

「やれやれ…、すごいな」

マーティーが大きく息をついた。

さすがに役者らしく、大きな笑顔でそれに手をふって答え、メディアのカメラにも丁寧に視線を合わせているジーンにファンサービスを押しつけた格好で、オヤジふたりは一足早く、ボディガードに守られて空港のＶＩＰラウンジへ逃げこんでいた。

スタッフが気を利かせてテレビをつけると、ライブでその様子が中継されている。

カメラのフラッシュの中で笑顔で答えるジーンの顔は、長旅の疲れも見せず、堂々としたプロフェッショナルなものだ。

クレメンはふっと、その横顔を見つめてしまった。

撮影中も、そしてプライベートでも、長い間、直《じか》に接してきている男なのに、こうして画面を通して見ると、やはり自分とは違う世界にいるような気がしてしまう。

フラッシュの中の、華やかな世界が似合う男だ。

飛行機の中で次回作の話が出た時のジーンの不機嫌な空気を、クレメンも感じとってはいた。だが正直、どう対処していいのか、クレメンにはわからなかった。

自分は映画監督で、ジーンは役者だ。

それに「恋人」という関係を持ちこむことが正しいのか、……とまどってしまう。

もちろん、監督と恋愛関係になる女優は多いだろう。自分の以前の妻もそうだった。

……だが。

そんなふうにジーンを見ることは、なぜか嫌だった。クレメンにとってジーンは、やはり「俳優」であってほしかった。

魅力的な――誰《だれ》もが憧れるような。もっと魅力的に撮りたいと思う。

自分が恋をしているのは、わかっていた。それはあたりまえだとも思う。

だがジーンが自分に、というのは、正直、クレメンにはピンと来なかった。それこそ映画の中の展開でしかない。

自分の書いたシナリオなら、それをハッピーエンドに持って行くこともできるのだろう。いくらでも、夢を追いかけることはできる。

だが現実は――そうではなかった。

おたがいの嫌な部分を見つけ、醜く罵《ののし》り合って、……別れて。どれだけのキズを負うかわからない。

そしてそのあとは。

もう、ジーンを撮ることはできなくなるだろう……。

クレメンはそっとため息をついた。


ようやく空港からいったんホテルへとたどり着き、部屋へ案内されて、クレメンは驚いた。というか、ちょっとあせってしまう。

「同室なのですか?」

用意されていたのは高級ホテルのスイート・ルームだった。が、なぜか、ジーンと一緒の部屋だ。

「いけませんか? あなたは特に希望は出さなかったんでしょう?」

ようやくスタッフたちとも別れ、リラックスした様子でコートを脱ぎながら、なんでもないようにジーンが言った。

「そうですが……」

無意識に指先で眼鏡を直しながら、もごもごとクレメンは口の中でうめく。

部屋の希望を聞かれた時、クレメンは自分一人にそんな広い部屋は必要なく、普通のシングルでも十分だ、と伝えていた。とは言っても、ツインくらいで用意されるだろう、と思っていたのだ。

「もう一つあるスイートをマーティーが使って、こっちの大きい方をふたりで使うんですよ。ベッドルームも二つあるし、バスルームも二つあるし、俺もそんな広い部屋が必要なわけじゃないしね。どうせここを使う時間なんて、そうないんだろうし」

脱いだコートを無造作にリビングのソファに放《ほう》り投げ、ジーンがあっさりと答えた。

いつの間にか、そんな手配をしていたらしい。

「別に問題はないでしょう？」

じっと顔をのぞきこむように言われて、クレメンは思わず目を伏せてしまう。

「それは……」

確かに問題はない――が。

何気なくジーンに背を向けると、寝室の一つだろう、奥にあるドアの一つへ足を進めた。

「では、私《わたし》はこちらを使わせてもらいますから」

強いて淡々とそう言うと、逃げるようにその部屋へ入っていく。

広いベッドルームだった。たっぷりとダブルサイズのベッドに、しゃれたライティングデスクが備わっている。半分引き戸の開かれた奥がクローゼットらしいが、クレメンはのろのろとコートを脱いだだけでパタン…、とベッドの端に腰を下ろしていた。

正直、気まずい、と思う。ふたりきりでいる時間は、妙に息がつまりそうな気がした。撮影中ならまったくそんなことは感じないのに。

ひさしぶりに空港で落ち合って、うれしそうに…、無邪気に自分に向けられる笑顔には胸が疼《うず》くような気がした。ただ、それにどう返していいのかわからず、自分はずいぶん素っ気ない態度だったのだろう、と思う。

同じ部屋、というのは、正直まいったな…、と思うが、しかしまあ、プロモーションで分刻みのスケジュールになれば、ここには疲れて寝に帰るだけになるのかもしれない。

自分にそう言い聞かせ、ホッと肩から力を抜いた時だった。

コンコン…、といくぶん強めのノックの音が耳を弾《はじ》き、ハッとクレメンは顔を上げた。

半分開いたままだったドアの横にジーンが立っていた。目が合うと、そのままゆっくりと近づいてくる。

「本気ですか？」

クレメンの前で立ち止まると腕を組み、じっと見下ろして言った。

「え……？」

その唐突な問いに、クレメンは思わず聞き返す。

「飛行機の中の…、セクシー女優を入れるとかなんとか」

「ああ…」

ぶすっとしたように答えた男に、クレメンは無意識に前髪をかき上げながら小さく吐息した。

セクシー女優うんぬんはマーティー個人の希望的観測で言っているだけで、クレメンにそういう考えがあるわけではない。――ただ。

「新しく女優を入れることは考えています。あなたとは敵対する立場で…、そう、ロマンスに発展することもね」

「それでベッドシーンですか？」

吐き捨てるようにジーンが言った。まっすぐにクレメンをにらみつけてくる。

そのあからさまな怒りに、クレメンは思わず黙りこんだ。

ジーンの言いたいことがわからないわけではない。

「あなた…」

押し殺した声で、ジーンが低くうめいた。

「あなたは俺のベッドシーンが見たいんですか？」

――ベッドシーン。この男の。

クレメンは自分の中で自分に問いかけた。

そしてそっと息を吸いこんで、静かに答える。

「ぜひ見たいですね」

それが本心だった。

見てみたい。レンズの中で、この男の熱い姿を。

抱かれている時は――やはりそんなふうに客観的にジーンの表情を見ることはできないのだ。

「悪趣味ですよ…！」

吐き出すようにジーンが叫ぶ。握った拳《こぶし》を、無意識のように大きくふり下ろした。

「だいたい今の『AD』につまらないお色気シーンを入れて何になるんです？　作品の質を落とすだけでしょう！　ただでさえ編集で切るエピソードに困っているくせに……」

「低俗な出来になるかどうかは、あなた次第でしょう」

それに淡々とクレメンは返した。

「娯楽性とセクシーさは両立できるものだと思っていますから」

「そういうことを言ってるんじゃありません！」

いつもと変わらず落ち着いた様子のクレメンに、さらにカッ…としたようにジーンが声を荒げた。

手のひらを脇のサイドテーブルにたたきつけ、グッと乗り出すようにしてクレメンに身をよせる。

「あんた…、俺に嫌われたいんですか？」

押し殺した、かすれた声がささやくように言った。

瞬《まばた》きもせずににらむようにして言われて、初めてクレメンは気づいた。

「……そうですね。そうできたらいいのかもしれませんね」

本当に自分はそう思っているのかもしれない、という気がした。

嫌われた方がいいのかもしれない。……失望されるよりは。

ジーンは役者としてはプロフェッショナルだ。嫌いな監督のもとででも、役者としての仕事はきっちりとこなすはずだ。

だが、失望した男のもとでは――まともに仕事をする気にもならないだろうから。

まだ今なら…、間に合う。

クレメンが無意識に目を閉じた瞬間――。

「……なっ…、ジーン……!?」

いきなり強い力に肩がつかまれたかと思うと、そのままベッドへ押し倒された。反射的に突き放そうとした腕が手首でつかまれ、ろくな抵抗もできないまま、無造作にのしかかられる。

その身体の重みに、クレメンは一瞬、息をつめた。

無意識に手のひらがつかんでいた男の腕の厚み、肌に触れる体温にドクッ…と心臓が大きく音を立てる。

「覚悟しといてください、って、言いましたよね？」

ささやくような声が頭の上でしたと思ったら、ものすごい力で顎《あご》がつかまれた。シーツに押さえこまれ、そのまま唇が重ねられる。舌がねじこまれ、口の中が蹂躙《じゅうりん》されていく。

「ん…っ、……く……っ」

呼吸が苦しくなり、クレメンは必死にもがいてようやく荒い息を継いだ。だが、がむしゃらに押しのけようとした両手はまとめて手首でつかまれ、頭上でシーツへ張りつけられる。

自分の抵抗などものともしない、圧倒的な力だ。

残ったジーンの手がむしりとるようにクレメンのネクタイを外し、ボタンを引きちぎるようにして強引にシャツの前を開いた。

「あっ…」

直に胸に触れてきた硬い指の感触に、思わずうわずった声がこぼれ落ちる。とっさに顔を背け、き

つく唇を嚙《か》む。

「俺に抱かれるの…、そんなに嫌でした？」

感情のない、乾いた声が上から落ちてきた。

ハッと反射的に目を開いたクレメンの前に、怒ったような、憤ったような男の顔が迫ってくる。

そしてクレメンの髪をつかむようにして頭を固定すると、首筋に顔を埋《うず》めた。

「――つっ…！」

キス――というより、喉元に嚙みつかれたようだった。痺《しび》れるような痛みが肌に広がってくる。さらにその痕《あと》が舌先でなめ上げられ、ゾクリ…、と身体が震えた。

むさぼるように男の唇が胸を這《は》い、肉付きの薄い、貧弱な身体を指先が愛撫《あいぶ》していく。

「『契約』だったから…、仕方なく抱かれてました？」

ことさら淡々とした、まるで自嘲《じちょう》するような声。

「これでも…、少しはモテるんですけどね。金、払ってでも寝たいって子はいっぱいいる。女も…、男でもね」

「あぁぁ……っ！」

言いながら罰するようにキュッときつく乳首が摘《つま》まれ、ひねり上げられて、たまらずクレメンは高い声を放った。知らず、涙がにじんでくる。

「あなただって悪くなかったんでしょう？　いつもいやらしく腰をふって、案外、積極的だったと思いましたけど？」

からかうような、あえて蔑《さげす》むような口調で言いながら、男の手が動いてクレメンのズボンのファスナーを引き下ろす。

「ジーン…、やめ……っ…」

強引に中へ入りこんできた指がクレメンの中心をつかみ、無造作にしごき立てた。

しかし快感よりも痛みと恐怖が先に立つ。とても感じるどころではない。

おそろしかった。生々しい、一人の男を意識する。

「離して……、離してください……!」

クレメンは必死にふり解《ほど》こうともがくが男の腕はびくともせず、さらに重い身体がのしかかってきた。熱い息づかいが肌に触れ、男の手が強引にズボンを脱がせようとする。

と、その時だった。

ピンポン…、とふいに機械的な音が耳に飛びこんできた。

さほど大きな音ではない。やわらかな、しかしこの濃密な空気には異質な響きに、ハッと我に返ったようにジーンが動きを止めた。

まともに目が合って、ようやく自分のしていることに気づいたように見開いた目でクレメンを見つめ、そしてくそっ、と低く吐き出す。

引きはがすようにクレメンから視線を離してベッドを下りると、手荒く前髪をかき上げ、いくぶん足早に部屋を出た。ドアを開けたのだろう。

「……あ、お休みのところすみません。ちょっとお時間をよろしいでしょうか？　こちらのスタッフや通訳の方との顔合わせをお願いしたいんですが」

ドア越しに遠く、そんなスタッフの声がくぐもって聞こえてくる。そして、それに何気ない様子で応《こた》えるジーンの声が。

「ああ…。……えーと、俺だけでいいかな？　クレメンはまだちょっと飛行機酔いでダウンしてるみたいだから」

さすがに俳優らしく、さっきまでの空気を毛ほども感じさせない。

「わかりました」

耳に届いたジーンの言葉に、重い身体を起こそうとしていたクレメンはパタン…、と再びシーツへ背中を落とした。ハァ…、と深い息をついて、目を閉じる。

どうやら別の部屋へ移るようで、話し声にまぎれてドアの閉じる音が聞こえてくる。

一人残されて、シン…、と静まりかえった空気にホッとした。

ジーンは確かに、感情豊かな男だった。感情を腹にためこむよりは、良くも悪くもはっきりとものを言う。

だがあんないらだった姿を見るのは初めてだった。あんなふうに、力で何かをしようとする男ではない。

自分が……怒らせたのだ、とわかっていた。ジーンの感情を暴走させてしまうほど。

悪趣味――か……。

ジーンの吐き出した言葉が耳に残っていた。

自分の好きな男の、女とのベッドシーンを自分で演出する。

なるほど、悪趣味なのかもしれないな…、と思う。客観的に考えてみれば。

だが、やってみたい、と思ったのも、まぎれもない事実だった。

やはり自分は、恋愛には向いていないのだろう……。

クレメンは額に腕をあて、そっと息をついた。

――このジャパン・プレミアが終わったら。

ジーンとの関係をリセットしよう…、と思う。もとの、監督と俳優――その方がいい。

実際に触れるよりも、カメラを通して見ているだけの方がいい……。

クレメンはつかまれていた手首をそっと撫で、ようやく引きずるようにして重い身体を持ち上げた。

スケジュールは分刻みだ。のんびりしている余裕はなかった。

◇

◇

今日の午後はとりあえず、キャストとプロデューサーがそろっての記者会見と、取材がいくつか、そして夕食代わりのレセプションが予定されていた。

ジーンは打ち合わせのあと、ラフめのスーツに服を着替え、同じホテルの地下の大広間に準備されていた会見場へと向かっていた。レセプションもこのホテル内だし、取材用にも一室、他のスタッフが借り切っているフロアに確保されている。

とりあえず今日は、ホテルから外へ出る必要はなさそうだった。

このホテルではエレベーターに乗るにもカードキーが必要で、ジーンたちが泊まっているフロアとスタッフたちが泊まっているフロアには関係者以外の宿泊はない。ホテルとしても、ジーンたちの予定が決まった時点で常連をのぞいてできるだけ他の予約は断っていたようだし、入っているレストランなども同様のようだ。セキュリティとしては、とりあえず問題はない。

記者会見にはもちろん、クレメンも同席する。スタッフやボディガードとともにエレベータに乗りこみながら、ジーンはちらっとクレメンの横顔を眺めた。

クレメンもシンプルなシャツにシックな色合いのジャケットに着替えている。

あやまらなければ…、とわかっていた。どうかしていた、と思う。あの時は。

どうしようもなくいらだちが抑えきれなくて……腹が立って。

——あんたが悪いんだ……。

歯を食いしばり、心の中でそう言い訳しながら、しかしだからといって、あれはダメだ。やってはいけないことだった。力で——ねじ伏せるようなことは。

千波の事件を知っているだけに、さすがに自己嫌悪がある。

しかし打ち合わせのあとは常にスタッフの誰かがそばにいて、ふたりきりになる機会がなかった。

クレメン自身、何事もなかったように、平静な顔をしている。

他人の前では平然と、いつもと変わらずジーンにも受け答えをして——それがよけいにいらいらする。

どうでもいいことなのか…、と。たいしたことではなかったのか……。

まるで小さな子供が我慢できずに暴れただけ、みたいに思っているのかもしれない。

どうしたらいいのかわからなかった。クレメンにどう向き合えばいいのか…、どう合わせればいいのか。どうすれば喜ぶのか。

何もかもがちぐはぐな気がして、もどかしくて。そんな自分にいらだっているのかもしれない。

誰かとつきあい始めて、こんなことは初めてだった。

一度身体を合わせれば、女はたいてい甘えてくる。そんな相手を喜ばせるやり方は知っている。会話や駆け引きや、プレゼントや。

海兵隊にいた時に寝たことのある男でも同じだった。おたがいに望むものがわかっていて、快感をむさぼり合った。

だが、クレメン相手ではまったく勝手が違っていた。クレメンの望むものがわからなかった。

――結局、役者としてしか望まれていない、ということかもしれない……。

そんなふうにも思う。

クレメンの理想であり、憧れなのは、役の中の自分。

……そういうことだ。

フィルムの中の理想の男は、あんなふうに理不尽に襲ったり、無様に感情にふりまわされたりしないんだろうな……。

そう思うと、ちょっと自嘲気味の笑みがこぼれる。

「あ…、おひさしぶりです」

結局、二人だけで話す時間もないまま控え室へと入ると、先に待っていた男がソファから立ち上がってきれいな笑みをみせた。

千波だ。ジーンはアメリカでのプロモーションで一緒になってから、半月ぶりくらいになる。クレメンたちはもっとだろうか。

クレメンとマーティーに握手してから、ジーンとも軽くハイタッチするように挨拶《あいさつ》してくる。

「初来日だっけ？　日本はどう？」

そんなふうに聞かれ、ジーンは軽く肩をすくめた。

「アメリカとまるで変わらない。空港とホテルの部屋しか見てないけどな。でも日本の女の子はカワイイ」

ジョークのような軽い言葉に、千波が小さく笑った。

そろったところであわただしく簡単な段取りの打ち合わせがあり、それではお願いします！　と追い立てられるように会見場へと押し出された。

ジーンは千波と一緒にいたのが依光ではなく、マネージャーらしい眼鏡をかけた若い男だったのがちょっと意外だったが、……まあ、考えてみればあたりまえだ。

こんな記者がうじゃうじゃいるところに、わざわざ二人で来ることもないのだろう。

すぐ前でクレメンと千波がにこやかに話しているのを眺めながら、ジーンもそのあとについていく。

千波と一緒だとやはり安心するのか、クレメンとの会話もスムーズに流れるようで、内心でホッとしていた。

……もっともそのぎこちなさを感じていたのは、ジーンの方だけかもしれないが。

会見場に入ったとたん、おお…！　というどよめきと拍手、そして襲いかかるようなフラッシュとシャッター音が押しよせてきた。

洪水のようなすさまじさに、クレメンが一瞬、立ち止まって目を瞬《またた》かせている。

千波の横顔は少し、緊張しているようにも見えた。やはり彼にとっては、かなりのプレッシャーなのだろう。

どうやら千波が日本のメディアの前にまともに立つのはかなりめずらしいことのようで、ハリウッド俳優や監督の来日と合わせても遜色《そんしょく》がないくらいのニュースバリューらしい。

「大丈夫か？」

思わず、千波の肩口でささやくように尋ねたジーンに、小さくふり返った千波が微笑《ほほえ》んでうなずいた。

司会が淀《よど》みなく進行し、後ろについた通訳がそれを英訳してくれるのだが、まあ、この手の会見の手順はだいたい決まっている。

今回の映画「ＡＤⅡ」に関する基本的な解説や情報が示され、マーティー、クレメン、それからジーン、千波と順に映画に対してコメントする。

そして、質疑応答。

質問はむろん映画のことに限られており、さすがにハリウッドからの客に気を遣ったのか、あるいはこんな場所で口にするにはデリケートすぎる内容でもあるのだろう。千波に対しても、「日本のファンの前に立たれるのはひさしぶりだと思いますが、何か一言、お願いします」というくらいで、きわどい質問が飛び出すようなことはなかった。

これだけのカメラの前で顔を伏せることなく、まっすぐに前を見て受け応える千波の横顔、その声に、しなやかな強さを感じる。それは千波が乗り越えてきた強さであり、そして依光への信頼なのだろう。

三十分ほどで会見を終え、一同そろっての写真撮影に応え、ようやく控え室へもどって、やれやれ…、と一息ついた。

「このあと…、取材？　収録もあるんだっけ？」

コーヒーをもらいながら気怠《けだる》く尋ねたジーンに、スタッフが手元のノートを見ながらテキパキと答えてくれる。

「皆さんそろっての雑誌の取材が三本、カメラが入っての収録が二本。それから、キャラハンさん単独でのインタビューは本日は十六本、予定されています。……ええと、三十分ほど、休憩をとってからでよろしいですか？」

聞いただけで疲れて、ジーンは手をふりながらソファへすわりこんだ。

マーティーは用意されていた日本の菓子をものめずらしそうに摘んで食べており、クレメンも肩をまわしながらコーヒーを飲んでいる。

「千波もここ、泊まってるのか？」

マネージャーらしい男と何か話してからこちらに来た千波に尋ねると、千波がうなずいた。

「用意してもらってる。このあとのアジアツアーには同行するから、どうせ旅行支度もいるし。ハリウッドスターと一緒だと、ガードも万全だし、目立たなくてすむからね。騒がしくなる前に、昨日から泊まってるよ」

そんなふうに言って、くすくすと笑った。

「明日のプレミアもあるもんな」

「その前に明日の午前中はテレビの収録が三つ、ジーンとは一緒だと思うよ。それと、クレメンと二人のが一つ」

なるほど、雑誌はともかく、テレビの取材は単独では受けていないのだろう。

自分たちが来日中で何かと名前がとりざたされる間は、自分の家のまわりをパパラッチにうろちょろされるより、ホテルでこもっていた方が安全でもある。

スタッフたちはそれぞれにいろんな確認でバタバタと動きまわり、ひっきりなしに携帯が鳴り響いている。

そんな様子を横目にしながら、横にすわった千波にジーンはわずかに声のトーンを落としてこっそりと尋ねた。

「依光は？　元気か？」

それに千波がちょっとはにかむように微笑んだ。

「会いたがってたよ。ジーンにも、クレメンにも」

そう言ってから、さらに千波は声を潜めた。

「依光が…、どこへも出られないんじゃつまらないだろうって。明日、プレミアのあと、ちょっとホテルを抜け出して馴染みの店で飲まないか、って言ってるんだけど？」

「いいな」

にやり、とジーンは笑った。

さすがに軟禁状態で仕事ばかりでは息がつまる。せっかく日本に来たのだから、そのくらいのハメは外したいところだ。

「プレミアのあとは、疲れたって言えば早めに抜けられると思うしな…」

「よかったら、クレメンも」

わずかに顔を上げて言った千波のちょうど前を、クレメンがコーヒーのお代わりをとりに通りかかったところだった。

自分の名前を耳にしたのだろう、こちらに向き直って、クレメンがわずかに首をかしげる。

「何の悪巧みですか？」

そんなふうに尋ねてきた男に、千波がわずかに身を乗り出すようにして小声でささやいた。

「明日のプレミアのあと、依光が一緒に飲みませんか、って」

「ほう…、依光が」

顎を撫でて、クレメンがつぶやいた。

「いいですね。ぜひ会いたいですし」

マーティーならともかく、クレメンが悪ガキみたいにホテルを抜け出して夜の東京《とうきょう》で遊ぶなどということはちょっとイメージではなかったが、やはりクレメンもそれだけ依光の顔が見たい、ということなのだろう。

お気に入りの役者――男、なのだ。

その事実はわかっていたが、やはりため息がもれてしまう。

と、ふと思い出して、親指を顎に押しあてながらジーンが指摘した。

「だが、ホテルのまわりは記者たちが張ってるだろう？　プレミアの会場を抜け出すにしてもだけどな。俺とクレメンもだが、千波だってタチの悪いパパラッチに追いかけられてるんじゃないのか？」

ホテルをとり巻いているのは会場で取材を許可された、お上品なメディアばかりではない。ゴシップ誌の記者たちはことさら、千波と依光とのツーショットも狙《ねら》っているのだろう。おそらくは、ジーンたちののどかな東京見物以上に。

「そう…、それを巻く方法を考えとかなきゃいけないんだけどね」

千波が肩をすくめた。

と、その時だった。

パッと開いた扉から、いきなりうれしそうにはしゃいだ男の声が弾けた。

「——あっ。千波さん！　おひさしぶりです！」

大きな笑みで見慣れた男が近づいてくる。

この映画で千波の代役《スタンディング》をしていたミハルだ。舞台のキャストのように、怪我《けが》や病気の時の代わりということではなく、映画の中では実際に衣装をつけてカメラテストをしたり、遠くからのバックショットなども代わりに演じる。

里帰りの飛行機代を浮かすために同行していたのだが、日米のスタッフ間でちょっとした通訳としてかなり重宝されているらしく、あちこちと引っ張りだこで、かなりこき使われているらしい。

おかげで、千波に挨拶するのも遅くなったのだろう。

——代役……か。

何か天啓を受けたように、ジーンはハッとした。

同じことを、千波も思ったのだろう。

「ミハルくん……」

つぶやいてミハルを見上げ、そしてジーンと視線が交わる。

「……あれ？　どうかしました？」

二人にじっと見つめられ、そのいかにも意味ありげな眼差《まなざ》しに、ミハルがどこかビクビクと首をかしげた――。


取材取材取材、収録、取材、収録、取材取材取材取材…………、と、ペットボトルのミネラルウォーターを片手に、本当に五分、十分刻みで仕事をこなし、この日、ようやくジーンが部屋にもどったのは、日本時間で夜の十一時をまわっていた。時差ボケも何もあったものではない。

最初はクレメンや千波たちとも一緒だったが、あとの方の取材はメディアに応じて、単独でのインタビューになる。

やはり数としてはジーンへの申し込みが一番多く、部屋に帰った時にはすでにクレメンは休んでいるようだった。

閉じたベッドルームのドアに耳を押しあててみるが、物音一つしない。

せめて今日のうちに一言、あやまっておきたかったが、さすがにたたき起こすわけにもいかず、ため息を一つついて、ジーンはシャワーを浴び、自分もすぐにベッドへ入った。

翌日も朝から取材と、テレビの生放送でのプロモーションが押しよせていた。

スタッフからのモーニングコールと立て続けのチャイムで起こされ、ジーンもクレメンも起き抜けのボーッとした頭で朝食をとりつつ、スタッフから今日のスケジュールの説明を受ける。

午後のプレミアまでクレメンと同じ現場はなく、朝食後、着替えに許された数分だけ、ようやくふたりきりの時間がとれた。

ジーンはとりあえず、白のステッチがきいた黒のVネックのシャツに黒のスタンドカラーのカジュアルなジャケットという、黒でまとめた服に手早く着替え、いくぶん落ち着きなく、リビングでクレメンが出てくるのを待っていた。

が、なかなか出てくる気配がなく、ひょっとしてわざと避けるつもりか…？　と、ムッとしながら、ジーンはいくぶん強く、ドアをノックする。

「クレメン？　入りますよ」

返事も聞かずにドアを開けると、クレメンがハッとしたようにふり返った。

どうやらまだもたもたと着替えをしていたらしく、うまくネクタイが結べないのか、ちょっと情けない顔でジーンを見上げてくる。

「何やってるんですか…。時間、ないですよ」

あきれてため息をつきつつ、ジーンはさっさと中へ入ると、クレメンが手にしていたネクタイを引きよせた。長さを調整して、きちんと結んでやる。

「苦しくないですか？」

「ええ…、大丈夫です。すみません」

キュッ、と結んでから確認すると、クレメンはいくぶん体裁が悪いように視線をそらせ、それでもうなずいた。

と、ようやくジーンも自分たちの間の微妙な空気を思い出して、わずかに口ごもる。

あやまらなければ、と思うのに、どうにも口に出せない。

クレメンの方も特に責める様子はなく、気にしていないのかもしれない……、と思うが、……しかし。

気にしていなければいないで、やはりはっきりさせたい。

「スタイリスト、つけてもらった方がいいんじゃないですか?」

とりあえず会話の接ぎ穂のようにそんなことを言いながら、ジーンは明るいリビングの方へ足を向けた。

一応、ジーンには収録や取材の合間に、髪などを直してくれるスタッフが同行している。

「おかしいですか?」

あとについて部屋を出ながら、クレメンがいくぶん困ったように自分の服を眺める。

白のシャツにチャコールグレーのスーツ、同色のネクタイという姿は、悪くはないが整いすぎている気がしなくもない。立っているだけなら、映画監督というより証券マンのようにも見える。

「おかしくはないですけど、もうちょっと遊び心があってもいいんじゃないですか? 白のパンツをはいてみるとか。タイを赤にするとか、ストライプにしてみるとか」

「役者じゃないんですから、いいですよ」

クレメンは肩をすくめてあっさりと返した。

その姿を眺めてちょっと首をひねり、ジーンはいったん自分の部屋へもどると、ナイロン素材のやわらかいジャケットを手に出てくる。

「これ、着てください」

有無を言わさない口調で言って、背中から着せるように広げてやると、とまどったように、それでも仕方なさげにクレメンが背を向けて腕を通してくる。

わずかにサイズが大きいが、まあ、いいだろう。

「セクシーですよ」

前を向かせて、もう一度バランスを確認し、ちらっと微笑んだ。

なめらかなナイロン地がわずかに色気を出している。監督とはいえ、テレビの収録なら少しは映りを気にしてもいいはずだ。プレミアでも。

どうも…、と視線を外したまま、何か手慰みのように眼鏡を直す。

「それより、昨日はすみませんでした」

そんな様子を見ながら、ジーンは一気に口にした。

ハッとしたように、クレメンが顔を上げる。探るようにジーンの表情を見つめ、そして小さく息を吐いた。

「かまいませんよ。別に…」

どこか投げやりなそんな言葉に、ジーンは思わず目を見開いた。

「別に、って…、どういう意味ですか、それは……!?」

いきなり声を荒げたジーンに、クレメンが少し困惑したように瞬きする。それでも淡々と答えた。

「私のことは気にしなくてもいい、ということです」

「気にしなくていいって……」

ジーンは唖然《あぜん》とした。

大事なことのはずだ。自分たちの間では。

自分のしたことは、この人を傷つけたはずだった。だからあやまりたかったたし、ちゃんとやり直したかった。

だがどうでもいいようなその言い草に、ジーンはカッ…となる。

自分が気にしているほどに気にしていない、というのは、それだけ自分への関心がない、というのと同じだった。

「私があなたを怒らせたことはわかっていますから」

静かに言われて、さらに怒りがにじみ出してくる。

「何に怒っているのか、あなた、わかってますか？」

腕を組んで、じっと男をにらみつけるようにしてジーンは尋ねた。

「わかっている……つもりですが」

「つもり、ね…」

ハッ、とジーンは吐き出す。

多分、クレメンには何もわかっていない。……いや、もしかするとジーン自身にもよくわかっていないのかもしれなかったが。

「三作目に新しい女優を起用しようということでしょう？」

「それもありますけど……っ」

言いようのないいらだちに、ジーンは思わず拳を固めて横の壁を殴りつけた。

直接的にはそうなのだが、そういうことじゃない。根本的には、そうじゃないのだ。

「あなたのことがわからないですよ……」

持っていきようもなく身体の中で渦巻く感情に、ジーンは歯を食いしばるようにして低くうめいた。

――いや。むしろ、簡単なことなのだろうか？

クレメンは自分を役者としてしか見ていない、ということだ。恋人としては見られない、ということだ。

「私にも、あなたのことはわかりません」

そんなジーンをじっと見つめて、クレメンがぽつりとつぶやくように言った。

「結局、無理なんだと思いますよ。あなたにはもっと、あなたにふさわしい人がいるでしょう。恋愛という意味ではね」

その言葉にハッとジーンは顔を上げた。

言い返す言葉も見つからないまま、ただ呆然とクレメンを見つめる。

「あなたとは…、監督と俳優という関係でいるのが一番いい。おたがい、その方がいい」

淡々とクレメンは言った。

それはつまり、別れる――という意味だろうか？

そもそもどれだけまともに……恋人としてつきあってきたのかも疑問だったが。現場以外では、クレメンは逃げまわっているようだったから。

「クレメン」

ジーンは思わず腕を伸ばした。

終わらせたいわけじゃない。だが、どうしたらいいのかわからない。

「――すみません！　準備、できましたか？」

と、その時、チャイムとともにドア越しにかけられた声に、びくっとジーンの手が止まる。

今、行きます、とクレメンがふり返って返事をした。

「時間がなかったんでしたね」

さらりとそう言うと、クレメンは先に歩き出す。

くそっ…、と低く吐き出し、ジーンはその背中を見つめていた——。

◇　　◇

クレメンの方は、主演俳優よりはもう少し、余裕があるスケジュールなのだろう。

いくつかの取材と収録、それに対談を二つほど。そんな仕事を淡々とこなしていた。

だが映画の話をするたび、どうしてもジーンについて語らずを得ず、そのたびに思い出してしまう。再認識させられる。

自分がジーンをどう思っているのか。どんなふうに見ているのか。

俳優として——人間として。男として。

カメラを通して、理想を描いているだけならよかった。

だが生身のジーンは、もっと——もっと手に負えない。あるいは、手に負えないのは自分の気持ちの方なのかもしれなかったが。

ジーンが、自分が作品の中で描くヒーローでないことは理解していた。

自分の作り上げるヒーローは、自分の思い通りに動かせる。だが、ジーンはそうではなかった。

自由に行動し、クレメンの予想もしていないことを言ってくる。

それに対して、どうすればいいのかわからない。どんなふうに反応するのが正しいのか。

……だから、困るのだ。

コントロールできなくなる。自分の気持ちが。

『現実の俺は別にヒーローでもないし、ただの…、普通の男ですからね…。失敗もするし、迷いもする』

そう言ったジーンの言葉を思い出す。嘘《うそ》のない言葉なのだろう。

まっすぐに自分に向き合ってくれようとしていた。

……だがそれに、クレメンは結局、逃げまわってばかりだったのだ。

そう思うと、何か落ち着かなくなる。

無意識に、今朝ジーンが締めてくれたネクタイの結び目に指が触れた。

少し、苦しい。喉《のど》が、ではなく、胸が。

現実と向き合うのが恐くて。

生身のジーンに失望したわけではない。自分の創《つく》り出す男よりも、遥《はる》かに現実のジーンは強く、魅力的で……複雑で。人間らしい。

そう…、なにしろ、自分の「理想」を演じられるほどの男なのだから。

だがそんな男に、自分が何を与えられるというのだろう？

監督としてあの男を魅力的に撮る以外に。

この日、次にジーンと顔を合わせたのはプレミア試写会の前だった。

会場入り予定の三十分ほど前にクレメンはホテルにもどっていたが、やはりジーンは取材が押したのだろう、十分前になってようやく駆けこんできた。

あわただしくリムジンに乗せられ、さほど遠くない会場までたどり着くと、すでに野外のアプローチから建物の入り口へと長く伸びるレッドカーペットの脇では、多くの観客とメディアがひしめいていた。

リムジンが止まると、すさまじい悲鳴と歓声が耳をつんざく。そのほとんどはジーンの名前、あるいは、役の名前を叫んでいるようだ。

招待されていた有名人たちだろう、前を歩いていた男女がふり返って立ち止まるのを、係員がうながしている。列を成して待ち構えているプレスのカメラがいっせいにこちらにふられ、シャッター音が響き、マイクを持ったリポーターの甲高い声が入り乱れる。

いいかげん、こうしたプレミアや賞レースのレッドカーペットは経験しているはずだったが、やはり慣れることはなく、クレメンは車を降りたところでたじろいだ。

こうしたにぎやかなお祭り好きのマーティーが最初に高く両手をふりながら歩き出し、そのあとに人好きのする力強い笑みでジーンが続く。

さすがに堂々と、慣れた様子だった。

「行きましょうか」

ちらっと微笑んだ千波にうながされ、クレメンもようやく並んで歩き出した。

少し先を行くジーンやマーティーも数歩進むごとにリポーターに捕まり、コメントを求められ、カメラの前で立ち止まり、一般のファンから伸びる手に時折、握手を返したり、手をふり返したりしている。ファンサービスは丁寧なふたりだ。

やはり日本人だけに質問を投げかけやすいのだろう、千波には何か日本語で矢継ぎ早にあちこちのリポーターから声がかかっていたが、千波は穏やかに微笑んだまま、短く答えていた。

クレメンは千波から離れないように、千波の方も不慣れなクレメンをサポートするような様子で、時々、クレメンに投げられる日本語での声を通訳してくれる。

二人で一緒にいると、おたがいにがっつりと捕まらずにすむようだった。

前を行くジーンが、何度か何気ない様子でこちらをふり返って確認していた。

ジーンも心配してくれているのだろう。どちらを、というか、あるいは、どちらも、なのかもしれないが。

数十メートルの距離を、時間をかけてようやく玄関先までたどり着き、石段を上がったところでそろってふり返り、大きく手をふる。

津波のような歓声とカメラの列にくらくらするようだった。

紙吹雪のようなものが舞い、たくさんの白い風船がいっせいに空へ飛ばされる。

「お疲れさまでした。どうぞ、こちらへ」

係の男に会場の奥の控え室へと案内される。

「ありがとうございました」

人気のない廊下を歩きながら、千波が軽く頭を下げて礼を言ってきたのは、レッドカーペットで連れになったことにだろうが、助かったのは自分も同じだ。

「こちらこそ」

クレメンも小さく微笑んで返す。

控え室で進行を確認してから、かなり広い会場での舞台挨拶に立った。千波以外には通訳がつく関係で、四人は設置されていたスツールに腰を下ろし、それぞれにマイクも準備されている。

さすがにジーンは手慣れたもので、司会の進行にともなって話題をまわりにふり、軽快なやりとりで場を盛り上げる。ふられて答えるのがやっと、まともにジョークも言えないクレメンには、とても真似のできないことだ。

ジーンはこの午前中のテレビ収録だか生番組の中でだか覚えてきた日本のコメディアンのギャグを披露して、会場の笑いを誘っていた。

千波も緊張していないわけではないだろうが、やはり掛け合いにはうまく対応している。ジーンのふりもうまいのだろう、撮影中のエピソードなどをおもしろく語っている。

そんなトークサービスも終わり、それでは最後に、と司会が声を上げ、どうやら花束が贈呈されるらしい。

「プレゼンターはこの方!」

司会のいかにも煽るようなひときわ大きな声とともに会場の後ろの隅の扉が開かれ、大きな花束を抱えた——男、だろう、スーツ姿のスレンダーなシルエットが近づいてくる。

早くも気づいた観客がさざめき、やがて悲鳴のような黄色い声に変わる。

「野田司《のだつかさ》さんです！」

司会の紹介が終わるか終わらないうちに、ものすごい歓声と拍手が会場中に響き渡った。

名前だけではわからなかったが、舞台の明るい場所へ上がってきた男の顔には、クレメンも覚えがあった。

千波や依光と映画で共演していた俳優だ。その主演俳優。確か、木佐《きさ》の映画だった。

「『ＡＤ』は一作目からのファンですので、今回の公開は本当に楽しみでした。千波くんも出演ということで、とても興奮しています。うらやましいですね」

司会にマイクを向けられてそんなコメントを口にした男に、落ち着いていた会場から再び歓声と拍手が起こる。

「ヘイ、すごい人気だな。俺、かすんじゃわない？」

すかさず挟んだそんなジーンのジョークに、観客から「ジーン！」の大合唱が起き、「アリガトー！　I love you!」と調子よくキスを投げ返している。

「本当は主演俳優に美人女優からというのがセオリーなんでしょうが、今日はハリウッド監督に媚びを売っておくことにします」

そう言って、会場の笑いとともにまっすぐに近づいてきた野田に、後ろの通訳からワンテンポ遅れて内容が告げられ、クレメンはあわててスツールから立った。笑顔で花束を受けとって、握手を交わす。

マーティー、ジーン、そして最後に千波とも握手をし、二言、三言、軽く話したようだ。千波の表情もやわらかく、仲のいい相手なのだろう。

それで今日も呼ばれたのか、と思ったが、……そういえば千波は「ＡＤⅡ」を撮ったあと、日本で木佐の映画に出ていたはずだ。依光と一緒だと聞いていたから、前の映画の続編なのだろう。案外、配給が同じなのかもしれない。この場で他の映画の話は出せなくとも、記事になれば触れられることもある。前宣伝、ということだ。

会場の観客に手をふりながら舞台を降り、野田も一緒に袖《そで》へ引っこむとそのまま千波がうながすように控え室へ連れてきた。

スタッフたちは次の段取りで相変わらずバタバタと動きまわり、会場ではそのまま試写へ入るのだろう。

クレメンたちはさすがに、もう何度も見ていたので少し休ませてもらうことにする。そしてこのあとホテルで、打ち上げ的なパーティーがあるはずだ。

「先ほどは花をどうも」

ネクタイを少し緩め、一息ついてから、クレメンは千波と話している男の方へ近づいて礼を言った。

「あ…、変な演出ですみませんでした。映画、とても楽しみにしています」

やわらかく微笑んで、男が頭を下げる。嫌みがなく、エレガントで——そして芯《しん》のある雰囲気だ。

「野田司といいます」

そして思い出したように、あらためて自己紹介する。癖のない見事な英語だった。

クレメンはうなずいた。

「木佐の映画に出ていた俳優さんですね。千波や依光と一緒に。見せてもらいました。とてもおもしろかった」

きれいな男だ、と思う。目に力がある。だが身体に余分な力が入っておらず、優雅で軽やかだ。不思議なタイプだと思う。

「木佐は…、また新しいことに挑戦しているみたいですね。最近、一本、撮ったのでしょう？　千波たちと一緒に。役者に対してかなり無茶な要求が多いと聞きましたが」

ちょっとした冗談でもあり、木佐の野心的な作風への賛辞でもある。

そんな言葉に、野田がわずかに瞬きし、そして大きく微笑んだ。

「ええ…。とてもやり甲斐《がい》があります」

穏やかでシンプルな、しかし迷いのない声だ。

横でそんな会話を聞いていた千波が、そうだ、と思い出したように声を上げた。

「今夜、こっそり依光とジーンたちと飲みに集まるんですけど、野田さんもどうですか？　木佐監督も一緒に」

「ああ…、いいですね。ぜひ」

千波のそんな誘いに、クレメンもうなずいた。

機会があるなら、木佐ともひさしぶりに話をしてみたいと思う。実際に会ったのはもう二十年近くも前だったから、むこうは忘れているかもしれないが。

「依光くんと？　……大丈夫かな？　木佐監督が一緒で」

それにちょっと眉をよせてうなった野田に、クレメンはわずかに首をかしげる。

依光と木佐が一緒で、何か不都合があるのだろうか？　一緒に映画を撮っているわけだし、問題があるとも思えないが……もしかすると、仲が悪いのだろうか。

「いいんじゃないですか？」

「いいかな」

しかし二人が顔を見合わせて、ひっそりと共犯者のような笑みを浮かべるのに、クレメンはさらに首をひねった。

「ジーン」

と、向き直って千波がスタッフと何か話していたジーンを呼んだ。

ふり返ったジーンと一瞬、目が合い、クレメンは反射的にそらせてしまう。近づいてくるジーンに、素知らぬふりでスタッフからコーヒーをもらいながらも、心臓の鼓動が速くなる。

千波が手早くジーンに野田を紹介し、あらためて握手をして、頭をよせ合ってこそこそとプレミアのあとのことを相談をした。

「木佐監督もプレミア、来てるんですか？」

尋ねた千波に、野田がうなずいた。

「めずらしく招待に応じたらしいよ。ふだんは興味があれば、面倒なプレミアはすっぽかして自分で勝手に見に行くんだけどね。千波くんが出てるからかもしれない」

「恐いな…」

千波が苦笑するようにつぶやいた。期待と不安、といった複雑な表情だ。

「ハワード監督がどんなふうに千波くんを撮ったのか、興味があるんでしょう」

クレメンと千波を見比べるようにしながら、野田が微笑んだ。

つまり、千波の力を――魅力をしっかりと出せているか、が測られるわけだ。

「恐いですね」

クレメンも千波の口調を真似るように言って、小さく吐息した。

観客の評価も恐いが、同業者……同じ映画監督の目が気にならないはずもない。

「――あ、私はそろそろ行かないと。せっかくのプレミアが始まってしまいますね」

廊下の方から聞こえてきた「上映でーす！」という声に、野田があわてて言った。

「じゃあ、メールに場所と時間を入れておきます。依光は早めに着いているはずですから。――監督をうまく引っ張り出せますか？」

千波の最後の問いはどこかからかうような調子で、野田はそれにちょっとはにかむように微笑んでからうなずいた。

「なんとか…、大丈夫だと思うよ。――では、楽しんできます。またあとで」

軽くクレメンとジーンに会釈を残し、野田がいくぶん足早に控え室を出る。

その歩く姿勢も優雅で美しい。モデル出身か…、とクレメンは無意識にその後ろ姿を見送った。

そして残った二人――ジーンと千波はやはりこそこそと頭をよせ合って、作戦会議をしている。

「千波、ミハルとはもう話した？」

「うん。大丈夫。やってくれるって。おもしろがってたよ」

「ミハルは正真正銘、千波の代役だからな…。後ろ姿だと絶対にわからないさ」

「素早く着替えて服を渡さないとね。ミハルがうっかり気づかれるくらいに動いてくれるみたいだから、その隙に通用口から出てタクシーを拾う。そうだな…、三人でいると目立つから、通用口の先の大通りで落ち合うのでＯＫ？」

どうやらミハルが千波のふりで囮《おとり》になって、記者たちの目を引きつけてくれるらしい。

いつの間にそんな計画を立てたのか、クレメンはまったく知らなかったが……まあ、自分に相談しても役に立たないということがわかっているのだろう。クレメンとしては、言われるままに動くしかない。

「ＯＫだ。時間を合わせとかなきゃな…」

「そうそう、カツラ、いくつか用意してみたよ。キャップとか眼鏡とか。こっちじゃ、サングラスはよけい目立つから。クレメンにどういうのが合うのか、ちょっとわからないけど」

名前が呼ばれて、あ…、と、ようやくクレメンはまともに注意を向ける。

「何ですか？」

「変装ですよ。外へ出るんなら、そのままじゃすぐに記者に捕まるでしょう？　大騒ぎですよ」

腕を組み、ちょっとあきれたようにジーンが言った。

「私は別に……。君とは違いますから」

それにとまどって、クレメンは口の中でうめく。

変装などしなくとも、そういう場所で、そういう人間として見なければ、どこにでもまぎれてしまう地味な男だ。

「日本だとクレメンの金髪はすぐに目につくんですよ」

しかし千波に指摘されて、そういえばそうか…、と思い出す。日本はアメリカのような多民族国家ではないのだ。

依光と飲むだけなのに、ずいぶんと大がかりになってしまったな…、とクレメンはちょっとため息をついた。

まあ、自分だけならともかく、ジーンは外を自由にうろうろできる立場でもない。ハリウッドスターというのは、やはりそれなりに犠牲にするものも多いのだろう。

そしてまもなく、クレメンたちはプレミア会場を出てホテルへもどり、再び予定されていた取材を次々とこなしていった。

夕方を過ぎてようやく終了し、ちょっとした打ち上げというか、パーティーが準備されていたが、少し疲れたので、とクレメンは断った。

それも打ち合わせ通りだ。ジーンと千波はしばらくつきあってから、順に抜ける予定だった。

先に部屋に帰り、クレメンは渡されていたスーツケースを開いて、おずおずといくつかのウィッグをとり出してみる。

金髪を隠すためだから、すべて黒い髪のものだ。七三のサラリーマンのようなのとか、ウルフカットとか、セミロングのソバージュとか…、女性のファッション用とは違うので、やはりちょっと芝居じみて見える。鏡の前でいくつか試してみるが、どれもしっくりこない、というより、まったく似合わない。

とりあえず服だけラフなものに着替えて迷っているうちに、ジーンが帰ってきた。

朝から一日中、取材だの収録だのプレミアだのと、分刻みで宣伝に駆けまわっていたのに、まだ足どりは元気だ。

「すぐ出ますよ。大丈夫ですか？」

時計を見ながらテキパキと言い、自分も手早くジーンズと白のシャツ、ネイビーのストライプのジャケットというカジュアルな格好に着替えてくる。

そして靴を履きながら鏡の前で困惑して立ち尽くしているクレメンを見て、ぷっ、と小さく噴き出した。

クレメンのつけていたカツラは、ぴっちりとしたオールバックだ。

「似合わないんですよ、黒髪は」

いくぶんムッとしつつ、クレメンはカツラを引きはがす。

「見慣れてないせいもあると思いますけど…、そうだな……」

トントン、とつま先を軽く打ちつけてきちんと靴を履いてから、ジーンは千波が準備してくれていたトランクの中をひっくり返し、茶色のニット帽を摘み出した。

「これでいいんじゃないですか」

言いながらクレメンの前に立ち、襟足のあたりからすっぽりと、目深に帽子がかぶせられる。

男の顔が間近に迫り、事務的に触れられる指先の感触に、クレメンは思わず息をつめた。知らず視線をさまよわせてしまう。

しかしジーンの方はまったく意識していないのだろう。ニットを前後に引っ張り、ちょっと離れてクレメンの顔を眺めながら微調整している。

「これを着て襟を立てておけば、髪は隠れますからね」

そして落ち着いたオリーブグリーンのミリタリージャケットを引っ張り出し、背中から着せかけられた。

ジーンの手で支度され、出来上がった姿を鏡に映してみると、なるほど、まるで別人、とは言わないが、普通に落ち着いた印象になる。確かにこれなら目につくこともないだろう。

だが、自分よりジーンの方が問題なのだ。身長もあるし、体格も、華やかな容姿も人目を惹く。

クレメンの用意をすませると、ジーンはクレメンが散らかしていたカツラを一通り眺め、さっさと一つを選び出した。セミロングのソバージュだ。

えっ？　と思う間もなくそれを頭につけると、手早く後ろをゴムでひとまとめにする。そしてその上から、ダークブルーのキャップをかぶった。

派手なソバージュがきっちりとまとめられて、キャップの下からしっぽのように先だけが伸び、違和感もない。

さらにジーンは、ザッザッ…、とトランクの底をかきまわして眼鏡を一つ拾い出すと、持ってきていた少し長めのウールコートを片手にかけてクレメンをふり返った。

「行きますよ」

「ええ…」

迷いもなく、手際もいい。本当に感心するくらいだ。

ため息をつくように、クレメンはうなずいた。

海兵隊で身につけた能力だろうか。天性のセンスもあるのだろう。

どんな場面にでもそつなく対処でき、実際、俳優でなくとも、どの世界でも、ジーンなら成功したんだろうな…、と思う。この仕事しかできない自分とは違って。

先に立って薄くドアを開けたジーンが、素早く左右を見まわした。人がいないのを確認したのだろう、手招きされ、クレメンもあとに続く。

エレベーターに乗りこんで、とりあえずホッと一息ついた。

動き出してから、ふと気づいたようにジーンが言った。

「眼鏡、外しといた方がいい。あなたはふだん、眼鏡の印象が強いから」

「眼鏡をとると、何も見えません」

しかしクレメンは眉をよせてうなる。

「ものがあるかないかくらいわかるでしょう？　危なそうなら手を引いてあげますから」

言いながらジーンが手を伸ばして、あっ、と声を上げる間に、あっさりとクレメンの眼鏡を奪いとった。畳まれて、ジャケットのポケットに差しこまれる。

入れ替わりのように、ジーンは自分で持ってきたダテ眼鏡を片手でかけた。

似合うのだろうが、その顔もぼんやりとしか見えなくて、少し残念な気がする。

と、エレベーターが指定した一階に着く前に、チン…、と軽い音を立てて三階で止まる。

思わず身を固くしたクレメンに、「あわてないで」と小声でささやき、ジーンがクレメンの姿を半分隠すようにして、前に立った。

スーツ姿の男の客が三人、談笑しながら乗りこんでくる。先客にはちらりと視線をくれただけで、特に気にした様子はない。

「そっか…、今日、プレミアかー」

「……ええ、ロビーもホテルのまわりも、記者の数がすごいでしょう？　カメラもあるし。追っかけの子も。こっそりと入りこんでて摘み出されてるのを見ましたよ」

「そりゃ、ユージン・キャラハンだからなぁ…。せっかく同じホテルに泊まってるんだから、会えるもんなら会いたいよ」

「フロア貸し切りで入れないでしょう。ガード、固そうですしねえ…」

時折聞きとれる名前や単語からするとどうやら話題は自分たちのことのようで、クレメンはドキドキしながらわずかに身体を横向けたが、ジーンはポケットからイヤフォンをとり出して耳へ差しこみながら、リラックスした様子でエレベーターの壁にもたれている。そんな小物まで用意しているのに、クレメンは目を見張った。

まもなくロビーフロアに到着し、クレメンはそっと息を吸いこんだ。

前にいた男たちがぞろぞろと先に出て、その影に隠れるようにしてクレメンたちもあとに続く。

ジーンの手が、さりげなくクレメンの肘《ひじ》を支えている。方向を指示する意味もあるのだろう。クレメンにはどちらへ行けばいいのかまったくわからないのだ。

ロビーには、いつも以上に客の姿が多いようだった。パーティーの招待客もいるのだろうし、それについて来たスタッフやマネージャーたち。誰か、有名人だろう、インタビューを受けている姿もぼんやりと見える。

雑誌記者らしい姿がじろじろとあたりを見まわし、エレベーターが到着するたびに、鋭い視線を向けてくる。情報交換するように隅でひそひそと話し合っている姿もある。

「こっちですよ。背筋、伸ばして。おどおどしているとよけい目につく」

ぴしゃりと言われ、なんとかクレメンは顔を上げて、男の大きな背中についていった。

それでもあちこちから見られているようで、知らずぶるっと身体を震わせる。

「――うわっ…と！」

と、角を曲がろうとした時、後ろから小走りに来た男に追突されるようにぶつかった。

エクスキューズ・ミー、ととっさに言いかけ、クレメンはあわてて口をつぐむ。

しかし至近距離で、まともにその男と目が合ってしまった。

あれ？　と言うように男の目が瞬き、クレメンは思わず息をつめる。

まずい…、と背筋に冷たいものが走った時――。

「おい…、あれ、瀬野千波じゃねぇか？」

「そうだよ…！　あれ、そうだって！」

あちこちでささやくような声が湧き起こって、フロアの人間の目がいっせいにエレベーターホールから降りてきた男に注がれた。

その男は確かに、プレミアで千波が来ていた服を身につけ、サングラスで顔を隠し、風を切るように早足でロビーを突っ切っている。

ミハルだ。髪型はもともと似せていたし、さすがに千波の癖をよく把握していて、歩き方や後ろ姿はそっくりだった。身長が少し千波より低いのだが、高めの靴を履いているのだろう。

「す、すいません…！」

クレメンにぶつかった男も視線はそちらに釘付《くぎづ》けにしたまま、あわててあやまりながらもすでに足は走り出していた。

ほっ…、と思わず吐息がもれる。

「さあ、今のうちに」

ジーンの手がグッとクレメンの手首をつかみ、記者たちが突進していった正面の扉とは逆の方向へと足早に進んでいった。

なんだろう……。少しずつ、胸の奥がむずむず、わくわくしてくる。

まるで映画の世界に入りこんだようだった。悪役に追われ、敵がひしめく建物から脱出をはかるアクション映画だ。

いつもは自分が演出しているような、ちょっとした冒険。それを自分で体験するのは、妙に不思議な気分だった。

監督として映画を撮るのとはまるで違う。自分の手で一つの世界を作り上げることもおもしろいが、自分が登場人物になるのはまったく違う感覚だった。緊張感も、期待も。

ジーンと同じポジションに立つことが楽しいのだろうか。

それもシナリオ通りに動くのではない。動かすのではない。ジーンと二人で体験している、現実の冒険だ。

握りしめられた指から、ジーンの体温が伝わってくる。

さっきとは違う意味でドキドキした。

ジーンとは撮影やプロモーションや、仕事以外で会うことはほとんどなかった。プライベートで会っても、何を話していいのかわからなかった。

それでも……こんなふうに手をつかまれていると、それだけで甘い、疼くような思いがこみ上げてくる。

好き……なんだろうな……。

と、クレメンはちょっと泣きたいような思いであらためて認める。

やっぱりこの男が好きなのだ……、と。自分の作品の俳優でなくても、きっと。

幸運だったのだろう。少なくとも好きな男を、自分の手で撮ることができるのだから。

誰かとすれ違うたび、立ち止まってしまいそうになるクレメンの手を、ジーンは強く握ったまま引っ張る。

「ジーン…」

無意識に小さくつぶやいた声はジーンには聞こえていなかったようで、いくぶん厳しい横顔のまま、あたりに気を配っている。

怒っているはずなのに。千波たちと約束したからだろうか。

足手まといなクレメンの面倒をみて、手を引いて、連れ出してくれる。

あらかじめ調べていたのだろう、ジーンはスタッフ・オンリーの扉をかまわず通り抜け、細い廊下を進んでいく。

「あそこだ」

ホテルの表側と違って少しばかり薄暗い、無機質な廊下の先にドアを見つけ、ジーンがつぶやいた。

「大丈夫ですか?」

ちらっとクレメンを見てそう尋ね、背後をうかがって誰もいないのを確認する。

そしてぐっ、と力をこめて、重いスチールのドアを開けた。

新鮮な、しかしまだ少し肌寒い夜の空気が身体に吹きつけてくる。

あたりはとっぷりと日が落ち、裏通りでは街の明かりもまだ遠い。

「急ぎましょう」

植えこみのある小道を抜け、ジーンはさらに足早に歩き出した。

すでに危ないところは過ぎているはずだったが、ジーンは手を離さなかった――。

◇　◇

ジーンがクレメンを引っ張って、千波と打ち合わせていた通りへ出ると、千波はすでにタクシーを捕まえて待っていた。

やわらかなモカのコートに、ジーンと同様のダテ眼鏡、それに茶色のマフラーを鼻の下まで覆うように巻きつけて、半分顔を隠している。

ジーンたちもせかせかとタクシーに乗りこみ、ようやく無意識に握ったままだった手を離した。

「ああ…、すみません。痛かったですか?」

クレメンがつかまれていた手首をもう片方の手で撫でているのに気づいて、ジーンはあやまる。

「いえ…、大丈夫です」

視線も合わさないままに、クレメンがつぶやいた。そして思い出したように眼鏡をとり出してかけている。やはり落ち着かなかったのだろう、ホッとしたように息をついた。

ジーンなどは、たまにこうして脱走を図ることもあるが、クレメンにこういう経験はほとんどないのだろう。

助手席に乗った千波が行き先を告げ、後ろを向いて「そんなにかかりませんから」と英語で告げてくる。

「楽しみだな」

そう返しているると、ふと、クレメンがじっとこちらを見つめているのに、ジーンはちょっととまどって首をかしげた。

「なんです？」

「ああ…、いえ」

自分が見つめていたことにやっと気づいたように、あわててクレメンが視線をそらした。

「そういう格好がちょっとめずらしくて」

監督としての視点――なのだろうか。

ふぅ…、となんとなくため息をついて、ジーンはどさっとシートに身体を預けた。

やはり監督と俳優、という以上には進めないのか。

正直、クレメンとつきあうということを、それほど難しく考えていたわけではなかった。女の子と恋を始めるのと同じように。

普通なら、つきあい始めたばかりのラブラブな期間で、ちょっとでも時間があれば会いたい、顔が見たい、というくらいのはずだ。

いや、ジーンとしてはそう思っていたのだ。

強制したつもりはなかった。まあ、確かに、契約関係を持ち出して脅すような真似をしたのは自分だったが。

だが……クレメンにとっては、仕方なく、だったのだろうか。

ジーンにしても、クレメンにあんな契約を持ちかけたのは、腹いせみたいなものだった。最初に出会った時、簡単にあしらわれたことへの。

だったらもう気はすんでいるはずで、いつまでもこんな男につきあう必要はない。

いくらでもいるはずだった。女でも——男にしても。もっと可愛《かわい》くて、わかりやすくて、気楽につきあえる相手が。

それでも——。

『結局、無理なんだと思いますよ。あなたにはもっと、あなたにふさわしい人がいるでしょう。恋愛という意味ではね』

おとなぶった……知ったような顔で、あっさりとそう言ってのける男に腹が立つ。

自分からふるのではなく、ふられることにプライドが傷つくのか。

無理だというほど、おたがいのことを知ってもいないのに。

ぎゅっと無意識に、ジーンはさっきまでクレメンをつかんでいた手を握りしめた——。

十五分ほどで到着したのは、居酒屋——というのだろうか。星がつくような高級なレストランではなく、シンプルなのれんの掛かった小さな隠れ家ふうの佇《たたず》まいだった。

アメリカにいた時、東京には食事のうまい店はたくさんあるんだろうが、いかにもなレストランではなく普通の店に行ってみたい——、とジーンが言ったのを依光も覚えていたのだろう。

「依光の馴染みの店だって」

そんなふうに千波が説明する。

がらり…、と千波が引き戸を開けると、いらっしゃい！ と元気のいいウェイターの声が迎えてくれた。

四角い厨房《ちゅうぼう》を囲むように十席ほどのカウンターがあり、奥に料理人らしい初老の男と少し若い男の姿がある。その顔がいっせいに上がって来客を確かめ、いらっしゃい！ と太い声が唱和した。

さほど広い店ではない。内装は木がふんだんに使われ、和風で落ち着いているが、洗練されている、というよりはもっと下町的な雰囲気がある。壁に手書きされたメニューの短冊だとか、壁に並べられた日本酒の瓶だとか。だがごちゃごちゃした感じではない。

ふとクレメンを見ると、彼の方も興味深げにしげしげと内装や、ショーケースに並べられた食材、料理人たちを眺めている。

カウンターには三人で飲んでいるスーツのサラリーマンらしい男たちのグループと、友人らしいラフな格好の男ふたり、そしてカップルがひと組で、新しい客を特に気にした様子もなく自分たちの話に熱中していた。

「どうぞ、こちらへ」

ウェイターらしい若い男はジーンたちの顔を確認したはずだが、何も言わず、そのまま奥へと案内してくれた。

特に貸し切りでもなく、ふだんの様子なのがちょっとうれしい。

格子の壁と襖で仕切られた奥は座敷になっているようで、ウェイターの男が、失礼します、と声をかけてがらりと開くと、中に三人、先客の姿があった。

依光と、プレミアで会った野田という男。そして、もう一人――クレメンより少し年上らしい男が木佐監督なのだろう。

タクシーの中で、ジーンたちは依光と木佐がちょっと訳ありの親子だということを千波から説明されていた。

そのせいか、依光と木佐の間に野田がすわるような位置関係になっている。

依光が気づいて、や、と言うように笑顔で片手を上げた。

千波にうながされ、靴を脱いでジーンは中へ上がりこんだ。掘り炬燵《ごたつ》のテーブルで、足が楽なのはありがたい。

「おひさしぶりです。ようこそ、日本へ」

依光がクレメンの横に来て丁寧に挨拶し、がっちりと握手した。そして、ジーンとも。

まじまじとジーンの顔を見て、ぷっ、と噴き出す。

「なんだ、その髪…。すげぇ、変装だな」

「案外、イケてるだろ？　写真、撮っとくか？　雑誌に売りこめば、ちょっとした金になるかもしれないぜ？」

「ユージン・キャラハンの東京お忍び姿？」

「そうそう」

笑いながらジーンはキャップとカツラをとって、コートと一緒に部屋の隅へ放り出した。

依光は去年、アメリカで会った時と変わりはないようだ。穏やかで…、地に足のついたような落ち着きと力強さを感じる。

「この店はどうかな？　好みに合ってるか？」

「いい感じだ」

にやりと笑って聞かれ、ジーンもうなずいて返した。

「時間があれば、もっといろいろ案内できるんだけどな」

残念そうにうなって、依光が顎を撫でる。

「プロモーション・ツアーだから仕方ないよ。今度はジーンもクレメンも、プライベートで来られるといいんだけどね」

ホッとしたようにマフラーを外し、コートを脱ぎながら千波が代わりに答えた。

その千波に向き直って、依光か軽く肩のあたりをたたく。

「お疲れ。プレミア、ライブで見たよ。レッドカーペットのとこ」

「ちょっと緊張したかな。表情が硬くなかったか？」

「カンヌでだって、アメリカのなんたら賞とか、あっちこっちで歩いてるだろ」

「慣れないいんだよな…」

「大丈夫。しっかりしてた。……クレメンと一緒だったろ？　なんか、先生と生徒みたいだった。考古学の権威とそのお気に入りの助手、みたいな？　どんなフォローも万全って感じで」

「なんだよ、それ」

依光の感想にくっくっ…と千波が肩を揺らして笑う。

「――あ、お気に入りって、変な意味じゃなくてな」

と、ふいにあわてたようにこっちを見て言い訳した依光に、ジーンはちょっと眉をよせる。

意味ありげな…、自分とクレメンとの関係を察しているような口調にも聞こえたが、……しかしそんなはずはない。……と思うのだが。

それにしても、やはり依光といると、千波の雰囲気が少し違う。ふわりと溶けるように、身にまとう空気がやわらかくなる。

特別な言葉があるわけではなく、特別に何かしているわけでもないのに、ただ眼差しを交わすだけで、そばにいるだけで。揺るぎない二人の絆《きずな》が見えるようだった。

思わず、ため息がもれてしまう。

恋人というのは、こういうもんなんだろうな……、と。

自分とクレメンとは、こんなふうにわかり合えることがあるんだろうか、とちょっと絶望的な思いにとらわれる。

クレメンの頭の中が、まったく読めないのに。

おたがい顔見知りらしいクレメンと木佐が、二、三、挨拶のような言葉を交わし、野田がジーンを木佐に紹介してくれる。ジーンも木佐の名前は知っていたし、映画もいくつか見ていた。

クレメンとはまるでタイプが違うが――その手がける作品も、多分、人間的にも――おもしろい男だと思う。日本人にしては個性が強そうだ。

依光の父親ねえ…、とちょっと興味深く眺めてしまった。

おたがいにわざとらしく直接の会話を避け、二人ともが間に野田を経由してやりとりしているのが、端で見ているとコメディ映画みたいでおもしろい。ぎこちなく不思議な感じではあるが、険悪な空気はない。

複雑なんだろうな…、とジーンも苦笑した。

千波がジーンにメニューの説明をしてくれて、干物を焼いたのとか刺身とか煮物とか、食べたことのないおもしろそうな料理をいくつか注文し、飲み物は焼酎《しょうちゅう》を頼んでみる。クレメンも依光に聞きながら、フェルマーの最終定理に挑む数学者みたいな難しい顔つきでメニューを選んでいた。

飲み物がくるとまずは乾杯し、やはり今回の映画についての話題に流れそうになったが、出演はしているくせに一人だけまだ全体を見ていない依光が抗議の声を上げ、無難に日米の映画界の相違あたりで話が進む。

食事や酒もうまく、関係者とのレセプションやパーティーと違って肩の凝らない、くつろいだ雰囲気で、ジーンもいつになくグラスが進んでいた。気どらない焼酎がなかなかにうまく、土産に何本か買っていこうかな、と思う。空港で売っているだろうか。

やはり同じ映画監督同士、突きつめて語り合うことがあるのか、クレメンは木佐としばらく身振り手振りを交えて頭を突き合わせていた。こみいった話になると木佐の英語が危ういらしく、野田と千波が横について、会話に加わりながら時折、通訳してやっている。

それぞれ酔いがまわるにつれて話の内容が濃くなるのか、めずらしくクレメンもよくしゃべっているようだ。

それをぼんやりと眺めながら小さな盃《さかずき》の日本酒をなめていると、トイレから帰ってきた依光が駄賃のようにホタテのバター醬油《しょうゆ》焼きとお銚子《ちょうし》を一つ持って、ジーンの隣にすわりこんだ。

あちち…、と言いながら、親指と人差し指で口のあたりを摘んでいたお銚子を急いで離す。

「なんかあったのか？」

空いていたジーンの盃に持ってきた酒を注ぎながら、何気ない調子で尋ねてきた。

そんな問いに、ジーンはだらしなくテーブルに肘をついたまま、わずかに酔いのまわった顔をちょっと上げる。

「なんで？　楽しく飲んでるよ」

「なんか落ちこんでるみたいだって、千波が」

手元によせた自分の盃にも酒を注ぎながら、依光がさらりと続けた。そしてジーンの顔を見て、静かにつけ足す。

「テレビ見ながら、ちょっと陽気すぎるな、と俺も思ってた。ファンサービスが丁寧すぎるっていうのかな」

その言葉に、ジーンは無意識に顔をしかめた。

ふだんからメディアやファンサービスには努めているつもりだったが、それでも自分の機嫌が悪いことを自覚している時は、うっかりつっけんどんにならないように、ことさら笑顔をふりまくようにしていたのだ。それが不自然だったのか。

別に…、と、もごもご口の中で濁そうとしたジーンに、依光はサクッと言った。

「ひょっとして、クレメンとうまくいってないのか？」

一瞬、依光の顔を見つめ、ジーンは言葉につまる。

「なんで……？」

あせる、というより、ちょっと呆然とする。

いや、もちろん、監督と俳優として、という意味で言っているのかもしれないが……しかしジーンが落ちこんでいる原因を、普通クレメンと結びつけることはないだろう。

「……あれ？　まだつきあってるわけじゃなかったのか？」

そのジーンの表情にか、やばかったかな、というように、依光が軽くこめかみのあたりをかく。

ハァ…、とジーンは肩で息をついた。手を伸ばして箸《はし》をとり、依光の持ってきたホタテを半分に割って一つを突き刺すようにつっつきながら、ようやく口を開いた。

「つきあってる、って言っていいのかわからないけどな……。でも、どうして知ってるんだ？」

「いや…、なんとなく、あんたがクレメンを気にしてる感じがあったし。クレメンも意識してる気はしたんだけどな」

鋭い、というのか、それだけ人を見ている、ということなのか。

「……正直、あの人の考えてることが俺にはよくわからない」

ぐっ、と盃を空けて、ジーンはため息とともにグチのような言葉をもらしていた。

「つきあってると思ってたのは、俺の方だけかもしれない」

「ずいぶん弱気なんだな、天下のユージン・キャラハンが」

依光が低く笑った。他人事の言葉に、ふん、とジーンは鼻を鳴らす。

「ふられたわけじゃないんだろう？　何か言われたのか？」

うながすように聞かれ、ジーンはホタテを口に放りこんでから答えた。

「俺のベッドシーンが撮りたいんだってさ…。セクシー女優との。ふつー、ないだろ？　もし…、本気で俺に気があるんだったらな……」

「それでやさぐれてんのか」

ははぁ…、と依光がうなり、ちょっと考えるように顎を撫でた。

「そのあたりの感覚は俺にもわからねぇけど、……だったら、聞いてみれば？」

「あ？」

あっさりと言われた意味がわからず、ジーンは依光を見つめ返す。

「せっかく、ここには映画監督がもう一人いるしな」

軽く顎で示した先は——木佐だ。

ああ…、とジーンもクレメンと話しているヒゲ面の男をじっと眺めた。

なるほど、映画監督がわざわざ自分の恋人や妻と他の男とのベッドシーンを撮りたいものかどうか、木佐に聞いてみてもいい。木佐が一笑にふせば、クレメンもどれだけ自分の感覚がおかしいのか、少しは自覚するかもしれない。

「木佐監督」

ジーンは箸を手元におくと、いくぶんすわった目で、ずいっと身を乗り出すようにして男を呼んだ。

盛り上がっていたらしい会話を途切れさせ、男がふっとこちらを見る。横でクレメンも、ちょっととまどったように瞬きした。

「お聞きしたいことがあるんですけど、いいですか？」

「なんだ？」

丁寧に、そんなふうに尋ねたジーンに、木佐が無造作に聞き返してくる。

「映画監督しては……どうなんですか？　たとえば、自分の恋人を自分の映画に出演させるとして、別の男とのベッドシーンなんか撮りたいと思いますか？」

「ジーン」

怒っているようではないが、クレメンが横でとまどったようにジーンを見た。いきなりの問いに、千波や野田はきょとんとした顔をしている。

しかし木佐は特に驚いた様子もなく、まっすぐにジーンを見つめ返すと、にやりと笑った。

「思うよ」

そしてあっさりと短く言われた言葉に、ジーンの方が驚いて目を見張った。

まさか、そんな答えが返るとは思っていなかった。

「監督…っ」

むしろ、横で千波の方が驚いたらしく、ちょっとあせったような声を上げる。ちらっとその視線が気遣わしげに野田を見る。

「そ、そういうものなんですか……、監督っていうのは？　それが普通なんですか？」

だがそんな様子にも気づかず、思わずつっかかるようにしてジーンは重ねて尋ねていた。

とても納得できない。

「普通かどうかは知らねぇけどな…。何をやりたいかは人によるだろ？　だが俺なら、それはやりたいと思うね」

顎を撫でながらあたりまえのように言い放たれて、ジーンは呆然としてしまった。混乱する。ますますわからなくなる。

それが普通の感覚というのなら、怒っていた自分の方がおかしいのか…？　という気がして。

「それは役者だから……、そのシーンがどうしても必要だというのならやりますよ。でもあえて入れたいもんなんですか？」

さらに詰めよるように確認してしまう。

「自分の惚《ほ》れてる相手だろ？　色っぽい姿を他人に見せるのは惜しい気もするが、同時に全世界に自慢したい気持ちにもなる。そういうもんじゃねぇか？　惚れた相手のそういう姿を一番きれいに撮れるのは自分しかいねぇんだからな」

「あ……」

が、あっさりと続けた木佐の言葉に、ジーンは大きく目を見開いた。

何かが頭の中で弾けたようだった。淀んでいた部分に風穴が空いたような…、そう、まさに目から鱗《うろこ》が落ちた、というのはこんな状態なのかもしれない。

――そう、なんだろうか……？　クレメンも？　そういう気持ちだったのだろうか。

思わずクレメンに向けた目が一瞬、合ったが、クレメンは目をそらし、とってつけたように眼鏡を外して指先でまぶたを押さえる。

「……っとに、デリカシーのねー仕事だな…。監督っていうのは」

卵焼きをつっつきながら、依光がぶつぶつとつぶやく。

「ガキが」

それに木佐が短く言い返し、軽く鼻を鳴らす。

そんな、親子の会話。

「……ええと、その、そういうシーンが入るんですか？　次の『ＡＤ』で？」

千波がとまどったようにクレメンに尋ねている。

「いえ、まだどういうストーリーにするかは白紙の状態ですから……」

クレメンがそれに言い訳している横で野田がそっと立ち上がって、ジーンの横にまわりこんできた。

依光とは反対側だ。

「やっぱ、最低じゃないですか？　あのオヤジ……」

その野田に向かって、依光がむっつりとうなった。野田はそれにちょっと困ったように小さく微笑んだだけで返す。そしてジーンに向き直って、静かに言った。

「映画監督って人種は、思いついたら後先考えず何でもやってみたいものですから。その頭の中をまともにとらえようと思っても無理だと思いますよ」

「でも、理解できなかったら……、理解できない相手とどうやってつきあったらいいんだ？」

野田がどうしてそれを自分に言ってくれるのか、なぜ野田にそう言えるのかも考えられないまま、ジーンはすがるように尋ねていた。

「ただ受け入れるだけですよ」

それに淡々と野田が答える。

「すべて理解するのは不可能ですから…、ただ受け入れるだけです。その人のすべてを」

――受け入れる？

迷いのない言葉に、ジーンはただ息を呑んで目の前の男を見た。

わからないことを悩むのではなく、そのまま受け入れる——ということだろうか？

それがクレメン・ハワードという男なのだ、と。

そんなことができるとは、今まで考えたこともなかった。

「その人のすべてが理解できなくても、自分が惹かれた部分がなくなるわけではないでしょう？　理解できなくても…、黙って見守るくらいのことはできますから」

「……や。野田さんみたいにできた人はそういませんから」

横で依光がため息混じりに、パタパタと手をふった。

「あなたは……、どうしてあなたが……？」

それでようやく目が覚めたみたいに、ジーンは尋ねた。

野田が少し照れたように苦笑し、依光を見る。依光が、ああ…、と肩をすくめた。

「野田さんはね…、どこかのろくでなしの映画監督に夢中なんですよ。苦労するだけなのに」

「依光くん…」

いかにもあきれたような依光の言葉に、野田が体裁悪いように視線を漂わせる。

どこかのろくでなしの映画監督、というのは、明らかに自分の父親のことなのだろう。

「え……、じゃあ」

つまり木佐監督とこの人が——ということなのか。

思わず、ちらっとクレメンと話している男に視線が流れた。驚くと同時に、いい趣味だな…、と感心してしまう。

豪快でおおざっぱそうに見えるが、やはり監督としての、そして男としての目は確かということらしい。

「……その……、子供なんですよ、映画監督というのは」

手慰みのように前髪をかき上げ、小さなため息をつくように野田が言った。

「わがままで、自分のまわりしか見ていなくて。でも、純粋なんです。自分の好きなことにまっすぐですから。嘘がつけない分、言葉が足りないことがあるのかもしれませんけど」

「ダダをこねりゃ何でもできると思ってるのが始末が悪い。野田さんも甘やかしすぎだと思いますけどねー。あの人の映画に、個人で出資もしてるでしょう?」

やはり辛辣《しんらつ》な息子の言葉に、野田が苦笑した。

「監督の作品も好きですから…、自分にできる限りのことをしたいと思うだけです」

何か、肩からふっと力が抜けたみたいにため息をつき、ジーンは肘をついた手で顔を覆った。

「子供…、なんだよな……」

そう、いい意味でも、悪い意味でも。

自分の興味が赴くまま、好き勝手に、いつも新しいイメージを、新しい世界を追いかけているのだ。

それを実現してしまえる実績があるところが、……そう、やはり始末に負えないのだろう。

「結局…、ふりまわされてやるしかない……ってことか……」

ジーンはぽつりとつぶやいていた。

それがあきらめなのか、開き直りなのか。

「それを楽しめるようになればいい。一番近くで…、それが特権だと思えるようになりますから」

静かな野田の言葉が心を落ち着かせる。何かずっしりと身体にたまっていた重苦しい汚れを、きれいに拭《ぬぐ》い去ってくれるようだった。

「だから、それは野田さんくらいですって」

それにやはり依光がツッコミを入れ、知らず三人で目が合って――いっせいにぷっと噴き出してしまう。そのまま自然と、三人で笑い出していた。

いきなり湧いた笑い声に、テーブルのむこうの三人が驚いたようにこちらを見る。

「なに？　すごい楽しそうだな」

千波が目をぱちぱちさせてつぶやいた。

「どうせ、ろくでもねぇこと話してやがるんだろ…」

グラスの焼酎をあおって、木佐がふん…、と鼻を鳴らす。クレメンも怪訝《けげん》そうにこちらを眺めている。

結局、それから二時間ほどもにぎやかに飲んで、日付も変わろうとした頃《ころ》、ようやく千波が「そろそろ引き上げた方がいいんじゃないかな」と、シメを口にした。

楽しくて……ジーンもあえて言葉にしなかったのだが、確かにいいかげん帰らなければ、明日に差し支える。午前中はまた取材と収録がいくつか残っているし、午後にはもう、日本を発《た》つのだ。

そうですね…、と名残惜しそうにクレメンが腰を上げた。

「また今度お会いできるのを楽しみにしています」

木佐と野田とを見比べるようにして口にする。相変わらず淡々とした、しかし実感のこもった言葉だった。

じゃあ、また――、と立ち上がったジーンも、手を伸ばして野田と握手を交わした。

「……なんだ、もう帰んのか？」

ずいぶんと酒の入っているらしい木佐が、頭をかきながらうめく。

「ハリウッドスターは明日も早いんです。スケジュールぎっちりなんですから。それに明日、日本を出発するんですよ」

野田がなだめるように言った。

「飲み足りねぇな…」

「監督、ご機嫌ですね、今日は。依光くんともめずらしく飲めましたしね」

「んなんじゃねぇよ…っ」

ムッとしたように木佐が口をとがらせる。

「私でよければ帰ってからつきあいますから。……ほら」

手を貸そうとした野田の腕を、逆に、強引に木佐が引きよせた。

「カワイイなー…、おまえは」

酔っぱらいがにたにたと笑いながら、バランスを崩して膝《ひざ》をついた野田に抱きつくようにして言った。

「はいはい。ありがとうございます。――ちょっ…、監督……っ」

軽くあしらった野田だったが、からむようにうなじがつかまれ、キスを仕掛けられて、あわてて押しもどしている。

「さっさと捨てた方がいいですよ、そんなセクハラなオヤジ」

ふたりを横目に、やはり依光が悪態をつく。

「依光」

たしなめるような千波の声。

交わされている日本語はほとんどわからなかったが、妙に楽しい気持ちでジーンはそんな彼らの様子を眺めていた。

ふとクレメンを見ると、彼も同じようにやわらかな表情で微笑んでいる。

ジーンの視線に気づいたのか、ハッとこちらを向いて、あわてて視線をそらした。

その仕草に、ジーンはちょっと笑ってしまった。

なんだろう…、警戒心の強い、野生の小動物みたいに見えて。

「帰りますよ」

ぴしゃりと言ってあたりまえのように手を差し出したジーンに、クレメンがおずおずと手を伸ばしてきた——。

◇

◇

木佐や野田とは店で別れ、クレメンと一緒にタクシーに乗りこんだのは、依光だった。

ジーンと千波とは堂々とホテルの正面へつけ、こんな夜にも張りこんでいるだろう記者たちに「東京の夜遊び帰り」の写真を提供してやるらしい。

千波がジーンにせがまれて飲みに連れ出していた、というスタイルだ。

そのちょっとした騒ぎの隙《すき》に、別の入り口からクレメンたちはホテルへと入りこんだ。

千波も明日からしばらくアジア・ツアーに同行するし、今夜は一緒に過ごすつもりのようだ。

「千波のマネージャーの名前で、同じ階に部屋、とってもらってるんですよ。俺は明日、みんなが出発して、落ち着いた頃にこっそり出るんです」

そう言って、依光は笑っていたが。

「大変だね…」

上へと昇るエレベーターの中で、思わずクレメンはつぶやいていた。

ただ恋人同士が一緒にいる——そのためだけに、これだけ人目を気にしなければいけないとは。

むろん、俳優同士で男同士ということもあるのだろうが、依光たちの場合はさらに難しい問題もあるのだろう。

「大変ってほどじゃないですけどね」

しかし気負いもなく、さらりと依光は言った。

「ただアメリカと京都《きょうと》ですれ違いが多いから…、できるだけ一緒にいたいっていうか。ま、一緒にいるのはバレたってかまわないんですけど、その…、自分が言われる以上に、そのことで自分の関《かか》わってる仕事に変な影響を与えるんじゃないかっていうのを、千波が気にしてるから……まあ、映画以外のことで騒がれない方が楽なんですよ」

そんな言葉に、クレメンはうなずいた。

愛し合っていることを恥じるわけではない、その強さ。乗り越えてきたものの大きさを考えると、本当にどれだけすごい二人なのかと思う。

だが一緒にいる二人は、本当に驚くほど普通だった。張りつめることもなく、さりげなく、自然により添っている。

おたがいに手をつないで、まっすぐに前を見て立っている。

ただそれだけのことができる人間は、本当は少ないのだろう。

自分たちに対する、そしておたがいに対する、絶対的な自信。そして、信頼だ。

そんな二人を見ていると、どれだけ自分が未熟なのか…、と思ってしまう。自分の方が十歳以上も年上だというのに。

自分の迷いや悩みや不安や…、きっと彼らからすればバカバカしいくらいなのだろう。

何かにぶつかる前から、恋愛のスタートラインに立った瞬間、くるりと背を向けて逃げているのだ。

ハァ…、と無意識にクレメンの口からため息がこぼれる――と同時だった。

「ジーンはあなたに惚れてますよ」

「えっ？」

いきなり耳に届いた言葉に、クレメンは驚いて顔を上げた。

目が合って、依光が楽しそうに笑うのに、あわてて視線をそらす。

「そんな…、彼はハリウッドの人気俳優ですよ。何も、好きこのんでこんな中年男に……」

「クレメン・ハワードだってハリウッドの人気監督でしょう」

くすくすと笑うように言われて、クレメンは首をふった。

「恋愛対象として見た時、それは何のプラスにもなりません。役者志望とか、下心があるような相手でなければね……」

「ハリウッドの人気俳優だって、そういう意味なら同じでしょう。一夜の遊ぶ相手を引っかけるのにはいい肩書きかもいれない。でも本気になった相手に、そんなことは関係ないですからね」

あたりまえのように言われて、クレメンは黙りこんだ。

とん…、とエレベーターの壁に無意識にもたれかかる。

「私は……どうしたらいいんでしょうか……？」

眼鏡を外し、眉間《みけん》のあたりを押さえながら、クレメンは小さな震える声で言っていた。

「その…、彼に……ジーンに、失望されたくないのです」

口にしただけで、胸がつまるようだった。

そんな自分に驚く。もう、いい年なのだ。今さら恋愛ごとで大騒ぎするつもりはなかった。

ジーンと別れるにしても……、穏やかにやり過ごせるはずだった。

「あなたの思うとおりにすればいいんですよ」

それに優しく依光が答える。

「思ってることを口に出して言えばいい。どんなつまらないことでも、恥ずかしいことでも……言いたいことを言えばいいんです」

「わからないんですよ…。その、ジーンのことが。彼の考えていることとか…、したいと思っていることとか。私に望んでいることとか」

「わからないのは悪いことじゃないでしょう？　これからおたがいに知っていく楽しみがあるんだか

ら。きっと、新しいことを発見するたびに、もっと好きになりますよ」

そう言ってから、くっ…、と依光が喉で笑った。

「でもきっと、ジーンもそう思ってますよ。あなたの考えていることがわからない、って」

ずいぶんとおもしろそうに言われて、クレメンは怪訝に瞬きし、そしてホッ…と息をついた。

「私はたいてい映画のことしか考えてないですから。つまらない男です」

「じゃあ、そう言ってやればいいんですよ。映画が一番で、ジーンが二番だって。それで我慢しろ、ってね」

笑いをこらえるように口元に手をあてて、さらに愉快そうに依光は言った。

「そんなことを言っていいんですか？　ジーンはそれで……かまわないんでしょうか？」

とまどって、クレメンは思わず聞き返してしまう。

普通に考えて、「恋人」という関係の相手がそれが受け入れられるとは、さすがに恋愛にうといクレメンでも思えない。

「いいかどうかはジーンが決めることですからね。あなたが悩むことじゃない」

「ああ…」

あっさりと言われて、クレメンは思わず小さくうめいた。

そうか…、と、ようやく何かが腑《ふ》に落ちたような気がした。

身勝手な言い分なのだろう。だが、これはジーンの選択なのだ——と、決めてしまおう。

そう思った。

どうせ考えてもわからないのだ。そして自分に譲歩できるのは、そこまでなのだ。

自分は映画監督で、恋愛には向いていない人間なのだ。

ジーンが選べばいい。

そしてジーンが無理だというのなら……やはり、別れるしかないのだろう。

……そう思っただけで、ちょっと胸は痛かったが。

「少し…、頭の中が整理できた気がします。ありがとう」

「どういたしまして」

あらためて礼を言ったクレメンに、依光が少しおどけたように返した。

いたずらっ子のような眼差しだった……。


記者たちに足止めを食らったのか、ジーンが帰ってくる方が遅かった。

クレメンが部屋に入って、ゆうに十五分くらいは過ぎてからだ。

その間にクレメンは簡単にシャワーを浴び、バスローブをはおって、ミネラルウォーターで喉を潤していた。わずかに残っている酔いが、心地よく身体をめぐっている。

と、ふいにドアが開いて、ジーンがコートを脱ぎながら入ってきた。

バスローブ姿でリビングのソファにすわっていたクレメンをちょっと驚いたように眺め、皮肉なのか、冗談なのか、淡々と言った。

「ずいぶん挑発的な格好ですね」

クレメンは軽く肩をすくめて受け流す。

「話があるんです」

その言葉に、ジーンはわずかに目を見張り、そして息をつく。がしがしと頭をかいた。

「そうですね……、ええ。俺もです」

そう言ってジャケットも脱いでソファの隅に放り出すと、クレメンのむかいのソファにどっかりとすわりこんだ。

「何です？　話って。別れるとかいう戯言《たわごと》なら、聞かないですよ」

腕を組み、まっすぐににらみつけるようにぴしゃりと言われて、クレメンはちょっと口ごもる。

正直、そんなふうに言われるとは思っていなかった。それほど自分に執着しているようにはとても思えなかったし…、執着されるほどの人間でもない。

『ジーンはあなたに惚れてますよ』

さっき依光に言われた言葉がよみがえり、耳がカッ…、と熱くなる。

本当に？　そうなんだろうか……。

「その…、あなたは私に……何を望んでいるんですか？　私は何をすればいいんです？」

それでもようやく押し出した言葉に、ジーンがちょっと驚いたように眉をよせ、ため息混じりに吐き出した。

「それは俺のセリフですよ」

ガシガシと頭をかき、ああ…、と思い出したように、皮肉な口調で続ける。

「俺のベッドシーンを撮りたいんでしたね、あなたは。まったく、映画監督ってヤツは……」

言われて、クレメンも思い出す。

居酒屋での、木佐のはっきりとした言葉――。

言われて、そうか…、とようやく自分の中の感情もわかった気がしたのだ。

ジーンを、誰よりも魅力的に撮りたい。それを世界に見せたいのだ。

――自分の、男を。

「木佐が…、うらやましいと思いますよ」

知らず、ため息をつくようにクレメンはつぶやいていた。

あれだけはっきりと言えるのは、やはり想定した相手がいるのだろう。そして木佐なら、きっと自分の望む映像が撮れる。照れも迷いもなく、自信に溢《あふ》れて、それを世に出すこともためらわないのだろう。

「あなたもああいう男が好みですか？　野田でしたっけ？　きれいな男だ」

ふん、と鼻を鳴らすようにジーンに不機嫌そうに聞かれ、クレメンは首をかしげた。

誰も野田の話はしていないのだが……。

「目がいいですね。迷いがなくて」

それでもそう答えてから、ふと、気づく。

この男が、妬《や》いているのだろうか？　少しはうぬぼれてもいいんだろうか…？

とまどいながらも、クレメンは静かに続けた。

「俳優としても魅力がある。私は映画監督ですから、いつでも魅力的な人間を捜しています」

「つまり、俺はそろそろお払い箱ってことですか？　……まあ、『ＡＤ』だって、俺がいなくてもシリーズは続きますからね」

ムッとしたような、怒ったような硬い口調で口にする。

「そんなことは言っていません」

クレメンは首をふった。

「ただ…、私にとって代わりのいない役者というのは存在しますが、映画にとって代わりのない役者はいません。別の作品になるだけですよ。……もちろん、同じことは監督にも言えるでしょう。私が撮らなくても『AD』という作品はできる。ただ、私の『AD』ではなくなる、というだけでね」

「俺はどうなんです？　あなたにとって、代わりのいない役者なんですか？」

じっと、挑むような強い眼差しで尋ねられ、クレメンはそっと息を吸いこんで答えた。

「ええ」

「本当にそう思ってます？」

うかがうように、疑り深い目がのぞきこむようにして確認してくる。

「ええ。それに君は私にとって俳優というだけじゃない……と、思いますが。ただ、俳優であることが……、その…、私にとってはうれしいんです」

どう言えばいいのかわからず、もどかしい。もっとうまく言う言葉もあるはずなのに。

「ええと…、つまり、私の頭の中ではいつも映画が一番で、あなたとのことはどうしても二番目になるから……」

説明しようとして、しどろもどろにさっき依光と話していたことを口走ってしまう。

「二番目ね……」

ハァ、と肩を落とすようにため息をつき、ジーンがつぶやいた。

「あんまり好きな言葉じゃないけど、それは俺が譲歩するしかないんでしょうね……」

「ジーン…」

あっさりと言われて、クレメンは思わず目を見張った。正直、驚いた。

「我慢……してくれるんですか？」

思わず、確認するみたいに尋ねてしまう。

「我慢するしかないんでしょ？」

憮然《ぶぜん》と聞き返されて、クレメンは、お願いします、と思わず小さく答えていた。

何か……不思議な気持ちだった。

こんなふうにジーンがおとなしく自分の言うことを聞いてくれるのも、自分が聞かせられるのも。

撮影でなら、もちろん、有無を言わさずジーンに要求する。が、恋愛関係で自分にそれができるとは思ってもいなかったのだ。

「いいですよ、やりますよ。ベッドシーンだってなんだって。あなたがそれを望むんならね」

投げやり、というより、どこかサバサバした表情でジーンが言った。

そして立ち上がってテーブルをまわると、クレメンの足下にひざまずく。

両手でクレメンの手を握りしめ、わずかに上目遣いに見上げてくる。ちらっと色気のある笑みが唇をかすめた。

握られた手がそっと持ち上げられ、指先になめるようなキスが落とされる。

ぞくっ…、と一瞬、身体の芯に痺れが走った。

「常に忠誠《セイパーファイ》を」

　厳かな口調で、ジーンが口にする。

　その言葉は、クレメンも知っていた。

「海兵隊のモットーですね」

「除隊しましたから、これから俺の忠誠はあなたに捧《ささ》げますよ」

　その言葉がどこまで本気なのかわからなかったが、クレメンは小さく微笑んでいた。ふっと無意識に指を伸ばして、男の前髪を撫でる。

「俺は案外、誠実な男のつもりですからね」

「どうだか……」

　しかしにやりとつけ足した言葉に、クレメンは肩をすくめた。

「では、恋愛ゴシップはもう少し、控えてくれるとうれしいですね」

「気にしてたんですか？」

　ジーンが意外そうに首をかしげる。

「あんなの、半分以上はでっち上げの記事ですよ？　知ってるでしょう」

「つまり、あとの半分は本当だというわけですね」

　ちょっとムッとして、クレメンは言い返していた。

「食事するくらいですって。ただ俺も、わざと写真を撮らせてあえて否定しなかったから、派手に書かれるんですよ。ああいう記事が出てると、あなたとのことが表に出なくていいでしょう？」

「……そういうつもりだったんですか？　気がつきませんでした」

目を瞬かせて素直に言ったクレメンに、ジーンがむっつりとうなる。

「俺を何だと思ってるんです？　そんなに節操のない遊び人だと思ってました？」

スッと立ち上がって、今度は上から身をよせるようにして詰められ、クレメンは黙りこんでしまった。……いや、実際、そう思っていたのだ。

「……ま、あなたがたいがい逃げまわってましたからね。俺も他の相手と食事に行く時間は結構あったわけですよ」

いかにも皮肉な口調で言われ、クレメンは視線をそらせたまま、もぞもぞとソファの上で身じろぎする。

逃げていたのは確かで…、もちろん、ジーンにも言い分はあるはずだ。

なるほど、と気がついたように、ジーンがつぶやいた。

「多分…、あなたには慣れる時間が必要なんでしょう。俺と一緒にいることに慣れる時間がね」

「慣れる…？」

とまどって、おずおずとクレメンは男を見上げた。

「これからはあなたがやだって言っても、家に押しかけることにします。ああ、合い鍵《かぎ》、もらいますから」

「それは……」

勝手に決められて、クレメンは言い返す余裕も、言葉もない。

「毎日、べたべたしてればそのうち俺がいることに慣れるでしょう」

「ま、毎日……ですか？」

さらりと、すでに確定事項のように言われて、あからさまにうろたえた声がこぼれてしまう。

「できるだけ毎日」

にやりと笑って、ジーンが言った。

「だいたいね…、あんた、俺にされるの、好きでしょう？」

「なっ…、なに……」

「好きだから、逃げてんですよね……？」

かすれた声で言いながら、膝をソファの上へのせ、ぐっ…、と上体をかがめて身をよせてくる。

「あ…っ」

するりと伸びてきた指がバスローブの合わせ目をくぐって素肌をなぞり、思わずうわずった声がこぼれ落ちた。クレメンはとっさにその手をつかむ。

かすれた声で笑って、ジーンはもう片方の手でするりとバスローブの紐《ひも》を解いてしまった。

「ベッドで俺が恋しくて仕方がないくらい、あなたのカラダに教えこんであげますよ」

無防備に開いた前を払い、ジーンの手のひらが脇腹から胸を撫で上げる。

「あぁ……っ」

ぞくっと皮膚の下を走った痺れに、クレメンはたまらず身体をのけぞらせた。その動きでバスローブの前がさらにはだけ、太腿《ふともも》からきわどい部分までがさらされてしまう。

あわてて隠そうとした手が無慈悲に払いのけられ、罰のようにローブの裾《すそ》が大きく広げられた。

「な…っ、やめ……っ」

うろたえて、とっさにクレメンは身体をひねろうとしたが、ジーンの腕が肩と膝を押さえこんでそれを許さない。

恥ずかしいくらいに薄い下生えの中で自分の中心がわずかに兆し始めているのが見え、むき出しにされた白い腿が小さく痙攣《けいれん》する。

「あ…っ、――ん…っ…」

まともな抵抗もできないまま顎がとられ、身体がソファの背もたれに押しつけられて、そのまま唇がむさぼられた。

熱い男の舌が口の中に入りこみ、執拗《しつよう》に舌をからめとっていく。

クレメンは夢中で男の背中に腕をまわし、シャツを握りしめるみたいにつかんでいた。

頭の芯がジン…、と濁るような快感に襲われ、正体のわからない渇望が身体の奥からにじみ出してくる。

何度も何度も、角度を変えて唇を奪いながら、ジーンの手がクレメンの胸を愛撫した。喉元から鎖骨へとたどるように撫で下ろした指が、すでに硬く芯を立てている小さな乳首を攻め立てる。爪《つめ》の先でなぶるようにして弾かれ、指の腹で押し潰《つぶ》されて転がされる。疼くようなじれったさと痛みが、身体の奥に沁《し》みこんできた。

舌先で顎から首筋をなめるようにして顔を埋めながら、ジーンの手が骨っぽい脇腹を撫で下ろし、足のつけ根をたどる。感触を確かめるように内腿を撫でまわし、中心へと手が伸びる。

「はっ…あぁ……っ」

とっさに閉じようとしたが、男の手はすでに節操なく先端から滴らせた蜜《みつ》で濡《ぬ》れたクレメンのモノを握りしめていた。

大きな手の中でこすり上げられ、たまらず腰が揺れる。器用な指先がくびれから先端まで、知り尽くしているようにクレメンの感じる部分をなぶっていく。親指の腹で先端がもまれ、たまらずクレメンは男の肩につかみかかるようにして身体を支えていた。

「気持ちいいでしょう…？」

かすれた、どこか切ないような男の声が耳元に落とされる。

「……ジー……ン……？」

荒い息づかいの下でうめいたクレメンに、ジーンがふっと手を止める。

「俺があなたを好きなの、ちゃんとわかってますか……？」

顔をのぞきこむようにして言われ、クレメンは知らず息を呑む。

わかっている——と。わかっていた、と言えるのだろうか……？

そんなクレメンの表情に、男が低く笑う。そしていきなり、ぐっと片足を抱え上げると、クレメンの身体をソファへ押し倒した。

「な…、ジーン……！」

あせってもがいた腕は押さえこまれ、足が大きく開かれて、片方がソファの下へ投げ出される。もう片方を膝の裏にあてた手で高く抱え上げられ、ジーンがその中心にためらいなく顔を埋めてきた。

「は…、あ…っ、あぁぁぁ…………っ！」

硬く張りつめてしまったモノが温かい口の中に含まれ、舌でしゃぶり上げられて、たまらずクレメンは大きく身体を跳ね上げた。

しかしかまわず男の舌はクレメンの中心にからみつき、喉の奥までくわえこむと口の中できつくしごき上げる。

甘く、体中から溢れ出るような快感に、身体がおかしくなりそうだった。一気に放ってしまいそうになる。

とっさにこらえようと、クレメンは無意識に手を伸ばして男の髪につかみかかっていた。

「あっ…、あぁ…っ、あ……ん……っ」

そのままこらえきれずに腰を揺する。

何か……自分ではない、得体の知れないモノが身体の中に入りこみ、五感が乗っとられているようだった。

濡れた舌先がくびれをたどり、根本から丹念になめ上げていく。止めどなく蜜をこぼす先端を舌で弾かれ、すするように甘く吸い上げられる。

「ひっ…、あ…っ、あぁ……っ、そん…な……」

もうわけもわからず、クレメンはあえいだ。

くちゅっ…、と淫《みだ》らに濡れた音を立てて、ようやくジーンが口を離した。

「あんたを悦《よろこ》ばせたいんでなきゃ、誰がこんなところをなめたりしますか……」

低く言いながら、指の甲でツッ…、と唾液《だえき》と先走りに濡れそぼってそそり立つモノを撫で上げる。

「ジーン…！」

あからさまな言葉に、カッ…、と頬が熱くなる。

ジーンの手がさらに強引に膝をつかみ、わずかに腰を浮かせると、奥の細い溝へと舌を這わせてきた。指先で尻《しり》が押し開かれ、ひっそりと隠されていた部分が残酷な視線にさらされる。

「あ……」

その予感にぎゅっと目を閉じた次の瞬間、やわらかな感触が襞《ひだ》に触れ、唾液をこすりつけるようにして濡らされていった。

「あぁ…っ、やめ……っ…」

とっさに腰を引こうとしたが、両手でがっちりと足が押さえこまれ、まともに身動きもできない。そのままほしいだけ、男の舌の攻めを受ける。クレメンの後ろはあっという間に潤み、指でさらに押し開かれて中まで熱い舌先でなぶられた。

「あぁ……っ、……あ……あぁっ、あぁぁ……っ」

甘く狂おしく、終わりのないような快感が体中に広がっていく。疼くような熱が前に伝わり、反り返した先端からポタポタと蜜が滴り落ちる。

「ジーン…、もう……!」

両腕で自分の顔を隠すように覆いながら、こらえきれずにクレメンは口走った。

「ちゃんと認めなさい。自分の中の快感を」

ジーンの声が耳を打つ。

「俺にされて気持ちいいって。俺に……こうされたいんだってね」

「ジーン……?」

かすれた、何か切羽詰まったような声に、クレメンは思わず腕を動かす。

「バカみたいでしょう？　俺だけ……あんたを欲しがってるのは」

男の熱い塊が、存在を教えるように腰にこすりつけられる。

ハッと、クレメンは息を呑んだ。

その生々しさに、しかしギュッと胸を締めつけるような愛しさが溢れる。

「ジーン……」

嫌なわけではなかった。嫌なはずはなかった。

この男に触れられるのは。

ただ……それに慣れてしまうと、手放した時がつらくなる。

男の指先が溶けきった襞をかきまわし、ゆっくりと中へ沈めてくる。

「あ……、は……」

痛みはなかった。ただ奇妙な違和感、この先にくる痛みと……快感を思い出して、知らず身体がくねる。

すぐに二本に増えた指が何度も抜き差ししてこすり上げ、中でぐるりとえぐるように動かす。

「ジ…ン…っ、……ジーン……！　あぁっ、いい……っ！」

同時に前がこすり上げられ、じわじわと湧き出してくる熱に、たまらず腰を揺すりながらクレメンはあえいだ。

「すごいですよ…、あなたの腰。きゅうきゅう吸いついてくるみたいに、俺の指をくわえこんでる」

いやらしくささやかれ、カッと焼けるように頬を熱くしながら、どうしようもなく首をふる。

たっぷりと中をいじられ、しかし決定的な刺激を与えられないまま、やがて男の指はするりと抜けていった。

「あ……」

クレメンは思わず、涙に濡れた目を見開いた。

「どうしたいんですか…？　クレメン……」

そんなクレメンの目をまっすぐに見下ろして、男がかすれた声で尋ねきた。

「ココをどうして欲しいんです？　言ってください」

指先でヒクついている後ろがなぶられ、ジン…と疼くようにそこが溶け出すのがわかる。

「な……、なか……に……っ…」

歯を食いしばって、ようやくクレメンはうめいた。

「指でいいんですか？」

しかし冷たく聞き返されて。

クレメンは大きく呼吸した。ぎゅっと目をつぶり、唇を震わせて、望みを口にする。

「君のを……ハメて……ください……」

「クレメン……」

ふわっとやわらかな吐息のような声が落ちてきた。

「いいですよ…」

そして優しい声が。

その部分に潜りこむように切っ先が押しあてられ、ずん、と重い衝撃が背中を這い上がった。

「あぁぁぁ…………っ！」

思わず大きく背中をのけぞらせる。

何かにすがろうと無意識に伸びていた手がとられ、引きよせられる。ジーンの体温が薄いシャツ越しに身体に触れ、つながった腰が激しく揺すり上げられた。

片方の足が恥ずかしく抱え上げられ、深く何度も突き上げられる。

低いうめき声とともに、ジーンが中へ放ったのがわかった。それと同時に、クレメンも前を弾けさせてしまう。

すべてを手放し、一時《いっとき》、満ち足りた熱に包まれる。

しばらく身体を重ねたままおたがいに荒い息を整えて……力が抜けてソファへだらりと身体を伸ばしたクレメンから、ようやくジーンが離れた。

「あ……」

中へ入っていたモノがずるり…、と抜ける感触に、ざわっと肌が震える。

満ちていた熱が失われた淋《さび》しさが、一瞬、胸をかすめた。

「ちょっと早すぎたな…。こんなのがバレたら、週刊誌に何を書かれるか」

冗談のように言った言葉に、クレメンはぐったりと目を閉じたまま低く笑う。

それを言えば、自分も、という気がする。……もっとも、経験自体が少ないのでよくわからないが。

「早漏疑惑が書き立てられて、権威ある医学博士がもっともらしい見解を述べるんですよ。それで治療法からリハビリ施設まで懇切丁寧に紹介されて、あっという間に疑惑は真実になって一人歩きするです」

ジーンがすでにぐしゃぐしゃに着崩れていたバスローブの端でクレメンの出したものや、太腿にこぼれ落ちたものを拭いながら言った。

「まさか…」

思わず笑ってしまうが、笑いごとでなくハリウッドだとあり得てしまうのがちょっと恐い。

太い両腕でクレメンの身体を囲い、熱い吐息を埋めるように肩口や喉元にキスが落とされた。

「満足しました？」

耳を軽く噛まれながら、そっと尋ねられる。

「ええ…」

クレメンは息を吐くようにして答えた。

「ホントに？」

じゃれるように軽い愛撫が次第に熱を帯び、男の指先が小さな胸の芽を執拗になぶり始めた。硬くしこってしまったそれが口に含まれ、舌でなめ上げられる。

「ジーン…、もう無理ですよ」

くすぐったくてわずかに身をよじりながら、クレメンは男の身体を押しのけようとした。

本当はもうこのまま、意識を手放して眠ってしまいたいくらいだ。

が、顔を上げたジーンはクレメンの手をつかみ、強引に自分の中心へ押しあてた。

「——ジーン…っ」

手のひらに、生き物のようにドクッとたぎったモノが触れる。

ジーンの男はまだ硬く、勢いを失っていなくて。

「まだ収まらないんですけど？」

にやりと笑って言われ、クレメンは顔をしかめた。

「だったら、他の人を誘いなさい」

「どうしてそういう意地悪を言うんですか、あなたは？」

眉間に皺《しわ》をよせ、むっつりとうめいたジーンは、わかりました、とちょっと怒った顔で、クレメンの腰を挟みこむようにして膝を立てた。

「……ジーン？」

どうするつもりかと思っていると、ジーンはいきなり、クレメンの目の前で自分を慰め始めた。顔の上で。見せつけるみたいにして。

「ジーン……！」

あせって、とっさにクレメンは顔を背ける。

「ん……っ……、あ……ぁ……」

しかしジーンの息づかいや熱や……濃密な空気が、じわじわと息苦しいくらいに身体を押し包んでくる。

わずかに濡れた音が耳につき、知らず頬が熱くなる。

じっと見つめられる眼差しの強さを感じた。

クレメンはそっと息を吐いた。ゆっくりと顔を正面にもどし、ジーンの手の上に重ねるようにして自分の手を伸ばす。

「口でよければ……、してあげますよ」

その自分の口から出た言葉に、クレメンは自分で驚いた。

そんなことは今までしたこともなければ、口にすることも考えられなかったのに。

「……ホントですか？」

さすがにジーンも驚いたように目を見開き、うかがうように尋ねてくる。

「ええ…」

自分でもよくわからなかったが……、かまわなかった。嫌ではない。

クレメンはのそのそと身体を起こすと、さすがにまともに見るのが恥ずかしく、眼鏡を外してテーブルへのせる。

わずかに身をかがめ、ソファの上に膝立ちしていたジーンの中心に顔をよせた。

「クレメン…っ」

さすがにあせったようにジーンの手がクレメンの頭を押さえようとしたが、クレメンは目を閉じてジーンズの間から突き出したモノを先端から口に含んでいった。

くちゅ…、と唾液の弾ける音に、わずかに頬が熱くなる。

苦みが口に広がり、しかし生々しく感じる男の大きさと熱に、さらに確かめようと深くくわえこんでいく。

「ん…っ、んん……っ」

たどたどしく口を使い、喉の奥まで飲みこんで息苦しくなるまでしごいてやる。口から出すと、舌をからめるようにして太く猛《たけ》ったモノを根本からなめ上げる。

舌に直接、ジーンの鼓動を感じるようだった。指先が唾液で汚れるのもかまわず、クレメンは夢中になって男に奉仕していた。

うまくはないのだろう。しかしジーンは何も言わず、ただ優しくクレメンの前髪を撫でている。

それでもだんだんと余裕がなくなるように、ジーンの腰が前後に揺れ始めた。頭の上に落ちる息づかいが荒くなり、髪にかかる指の力が強くなる。

クレメンは指を使って根本のあたりをしごきながら先端を舌先でなめまわし、きつく吸い上げる。

「クレメン…！」

切羽詰まったようにジーンが短く叫ぶ。と同時に、強い力で顔が引きはがされた。

しかし次の瞬間、温かいモノが顔に浴びせられる。

あっ…、と声を上げたのが自分なのか、ジーンだったのかわからない。

おたがいに呆然としたような一瞬が過ぎ、ジーンが手早く脱いだシャツでクレメンの顔を拭ってくれた。

「反則ですよ…、これは」

そしてうなるようにジーンが言った。

さすがにクレメンも驚いたが、不快ではなかった。それだけ感じてくれたのであれば、うれしい、と思う。

楽しいのか、愛しいのか、……あんなふうに自分が夢中になったのも、少し恥ずかしい。

今まで覚えたことのない不思議な感情が、心の中に溢れてくる。

「あなたがまさかこんなことしてくれるとは思わなくて……、見てるだけで興奮したかな……」

独り言のように言いながら、さらり、とジーンの手のひらが頰を撫でる。

と、いきなり立ち上がると、クレメンの身体を抱き上げるようにしてベッドへ運んだ。クレメンの使っている方の寝室だ。

寝かせてくれるのかと、クレメンが礼を言おうとした時、ジーンはベッドの横でズボンを脱ぎ捨てた。

「ジーン？」

そして全裸でベッドへ上がってくると、クレメンの腕を押さえこむ。

「ジーン…！　もうダメだと……っ」

さすがにその意図を悟って、クレメンもあせる。

「さんざん俺を焦《じ》らせて、我慢させたのはあなたですよ？　まだぜんぜん足りませんね」

無慈悲に言い放つと、ジーンは体重に任せてクレメンの身体をベッドに張りつけた。

両手をシーツへ縫いとめたまま、濡れた舌先がむさぼるように肌を這っていく。鎖骨から胸へすべり、小さな芽が舌先でもてあそばれる。

「は…っ、あっ…んっ…、あぁ……っ！」

甘噛みされ、唾液に濡れた乳首が指できつく摘み上げられて、たまらずクレメンは身体を大きくしならせた。

ぞくっ、と身体の奥底から疼くような、覚えのある痺れが全身へ走っていく。

片方が執拗に指で遊ばれながら、もう片方が舌先で愛撫され、唾液をこすりつけられる。

「ジーン……！　いいかげんに……っ…――あぁぁ……っ！」

叱《しか》りつけるように声を荒げるが、巧みな指に中心がしごかれると、こらえきれない嬌声《きょうせい》がほとばしった。

「俺ばっかり楽しませてもらっちゃ、申し訳ないですしね…」

余裕のある表情で、ジーンがにやりと笑う。いかにもうさんくさい、悪役の笑みだ。

とっさに腰を引いて逃げ出したクレメンだったが、背中から押さえこまれ、うつぶせに組み伏せられた。

「あ……、あぁ……」

うなじから背筋にそって優しくキスが落とされ、さざめくような快感にクレメンはどうしようもなく背筋をしならせた。

確かめるようにジーンの手のひらがクレメンの身体を撫でまわし、前にまわした指でとがった芽をもてあそぶ。鋭い刺激がじくじくと体中に沁みこんでくる。

「あなただって……、まだぜんぜんやる気じゃないですか。すごい……誘うみたいに腰が揺れてますよ？　後ろももの欲しそうにヒクヒクしてる。——ほら」

「ひ…、あっ……あぁぁ……っ！」

とろけきった入り口から二本の指が差しこまれ、無造作にかきまわされて、クレメンは腰を跳ね上げた。

反応した前が恥ずかしく反り返し、男の愛撫に悦ぶように蜜を滴らせている。

前と後ろを同時に指で可愛がられ、クレメンはシーツに顔を埋めたまま、身をよじった。

甘い毒のような快感が、全身を犯していく。

「もう…っ、やめ……っ」

涙に声をつまらせ、クレメンはあえいだ。

「やめちゃっていいんですか？」

低く笑いながら、ジーンは指を抜き出した入り口に自分のモノを押しあてた。

先走りに濡れた先端が恥ずかしくうごめく襞をかき分け、浅く埋めてくる。

「あ……」

その熱い感触に急に喉が渇いてくるようで、クレメンは無意識に唇をなめた。

与えられる快感の大きさを知っている場所が、早くくわえこもうと淫らに収縮を始める。

「どうします？」

残酷にうながされ、クレメンはシーツを引きつかんでうめいた。

「やめ……、やめ…ないで……、ください……っ」

恥ずかしい言葉とともに、男を誘いこむように腰が小刻みに揺れてしまう。

ご褒美のように、ジーンがクレメンのうなじの髪をかき分け、そっとキスを落とした。

「今度はもっとゆっくり…、長く楽しませてあげますよ……」

「ジーン…っ」

そんな言葉に、クレメンは悲鳴のような声を上げてしまう。

冗談ではなかった。そんなことをされたら、もう自分がどうなるかわからない。

どんな恥ずかしい格好をして、どんな恥ずかしい言葉を口走るか――考えられなかった。

男がゆっくりと中へ入ってくる。いっぱいに満たされる。

ぴったりと重なった腰が揺すり上げられ、何度も打ちつけられる。

「――んっ…、あぁ…っ、あぁぁっ……っ…」

言葉通り、気が遠くなるほど長く、絶え間なく、快感が与えられた。前にも後ろにも。

つま先から頭のてっぺん、髪の毛の先まで。

何度も際まで追いつめられてはその都度はぐらかされ、泣きながら何度も請わされた。

それでも締めつけるたび、男の大きさと熱を感じて、たとえようもなく安心する。

背中からすっぽりと抱きしめられ、守られて。

「愛してますよ…、クレメン……」

その声を何度も耳元で聞いた。

「ジーン…」

腕を伸ばし、クレメンは自分から男の唇を求めて。

こんなに……誰かを求めたのは初めてだった。これほど近くに誰かを感じるのも。

すべてを許すのも。

「も…、……い……か…せ……っ」

何度目か。自分から腰を揺すりながら、息も絶え絶えに頼んだクレメンに、ようやくジーンが優しくささやくように言った。

「いいですよ。俺も……限界です」

「――く…っ、ん……あぁぁぁぁ……っ！」

とたん、入っていたモノで激しく突き上げられ、一番奥まで穿《うが》たれる。

同時に先端をこすりながら根本を押さえこんでいた指が放されて、自分がどんな声を上げたのかもわからないまま、クレメンは一気に絶頂を迎えた。

一瞬、頭が真っ白になり、尾を引くような快感に身体が痙攣する。

しばらくは息をすることだけで精いっぱいで、クレメンは泥のように重い身体をぐったりと男の腕に預けていた。

しっとりと汗に濡れた温かい肌が、背中から全身を包んでいる。指先が優しく髪を撫でてくる。

心地よく……しかし、倦怠感《けんたいかん》でもはや身動きする力もない。

「どうするんですか…、こんな時間まで……」

怒る気力もなく、ただあきれるしかない状態で、ようやくクレメンはうめいた。

外はすでに白み始めていた。睡眠時間はもう何時間もないだろう。最悪だ。

よほど切迫した日程でなければ、クレメンは毎日、睡眠だけはしっかりとるようにしているのだ。

そうでなくとも、ジーンとは体力が違いすぎるというのに。

「今日は移動ですからね。飛行機の中で寝ればいいんですよ」

背中でもぞもぞと動きながら、罪の意識のカケラもなく、ジーンがあっさりと言った。

「信じられない……。こんな無茶をするんなら、もう二度とやらせません」

むっつりと言ったクレメンに、そんな…、と背中から甘えるように腕をまわしながら、ジーンが肩口から顔をのぞきこんでくる。

「だいたい、いい、いい、抜かないで…っ、て。あなたがせがんできたんですから、俺のせいにされても…――おっと」

減らず口が終わらないうちに、クレメンは肘で男の腹を突き放そうとしたが、一瞬早く、手のひらで止められる。どうやらジーンもいろいろと学んでいるようだ。

生意気な…、とクレメンは内心で舌を打つ。

ベッドの中でようやく身体の向きを変え、クレメンは男をにらみつけた。

「そんなことは言っていません」

そしてぴしゃりと言い渡す。

「言いましたよ。だったら今度は録音しときますか？　枕元にレコーダーおいて」

淡々と言われて、さすがにクレメンはあせった。

「そ…そんなことをしたら、絶対に許しません…っ」

自覚はない。自覚はないが……しかし、口走っていないという確信もないのだ。

いや、むしろ、多分……きっと。

「許さないって……どうするんです？」

顔を赤くしたクレメンに、男がにやにやと、意地悪く尋ねてくる。

「二度と君を私の作品では使いません」

冷ややかに言い切ると、口を膨らませてジーンがうめいた。

「卑怯《ひきょう》だな…。そういう権力を利用するのは」

ふん…、とクレメンが鼻を鳴らす。

「私にはそのくらいしか武器がありませんからね」

若いわけでも、容姿がきれいなわけでもない。身体がいいわけでも、テクニックがあるわけでもないのだ。

もっとも。

「別に困るわけじゃないでしょう？　君は私の映画でなくとも、いくらでも主演の声はかかるんですから」

「俺があなたの作品に出たいんですよ。知ってるでしょう？」

あっさりとあたりまえのように言われた言葉が、何か胸がむずむずするようにうれしい。

「今、ペナルティは二つですから。あと一ついたら、一回休みにしますよ」

それでも軽く、上目遣いににらむように言い渡す。

「まじっすか…」

ジーンがちょっとあせったようにうめく。

それを楽しく眺めながら、クレメンは目を閉じた。

無意識にシーツを引き上げ、そばにある温《ぬく》もりに身体をすりよせる。

疲れ果て、本当にこの男につきあっていたら身体がもたないな…、と思いながら。

「眠っていいですよ。時間になったら起こしてあげます」

優しい声が耳元でして、軽くキスが落とされる。

人生で二番目に大切な男の腕に抱かれ、クレメンは映画の次の展開を考えながら眠りに落ちた——。

あとがき

こんにちは。俳優さんたちのシリーズ、4カプ目で5冊目となります。が、キャラが違いますのでこちらだけでもお読みいただけるかと。前作は、警察官僚とマネージャーという、文字通り「スピンオフ」でしたが、今回はハリウッドカップルですので、しっかり俳優さんたちのお話と言えますねー。

実はこのお話は、私としては「お初」な設定がいろいろなのです。まず外国人同士のカップル（ファンタジーをのぞく）、というのと、そしてなんと、初のオヤジ受け……！

確かこのシリーズの別の本のあとがきで「オヤジと言えば攻め！」と吠えていた舌の根も乾かぬうちに、という気もしますが……いやいや、その信念に今も揺るぎはありませんよっ。……なのですが、「クランクイン」で何気なくこのクレメン監督を書いたあとでふと、この人ならオヤジ受けでもいけるかも…？　と思ってしまったのです。しかし、三十七歳と四十三歳。これはオヤジ受けの範疇でしょうか？　というか、もし「オヤジ受け」ということでこの本を手にとっていただいた方がいれば、これは違うわーっ！　と言われるのかも。何というか、お好きな方には「オヤジ受けの醍醐味」、みたいなものがあると思うのですが、微妙に外しているような気がします。まあ、そういう意味では、ふだんの私の話とさして変わらないのかもしれません。やはりオヤジ受けの世界は遠く険しく、まだまだ精進が必要です……。

ともあれ、今回は天然にワガママな監督にふりまわされる人気俳優のお話です。そう言うと、「ファイナルカット」の二人と同じ気もしますが、タイプ的には真逆なんですね。この年なのに、ぐるぐるしている二人がなんだか可愛かったです。

そういえば、書き下ろしの「プレビュー」では、来日中にボディガードがついているのですが、もしかすると「彼ら」なのかも(笑)。そうすると、ジーンたちがふらふらと遊びに出ている間も、ひっそりと後ろからガードしていたのかもしれません。

最後になりましたが、イラストをいただきました水名瀬雅良《みなせまさら》さんには、本当にいつもありがとうございます。雑誌の扉も、撮影現場な雰囲気の中の二人がとても好きだったのですが、こちらの方も楽しみにしております。さらに編集さんにはまったく相変わらずにご迷惑をおかけしておりますが、懲りずによろしくお願いいたします。

そしてここまでおつきあいいただきました皆様にも、本当にありがとうございました。設定のわりに派手な言動のない二人ですが、お楽しみいただければ幸いです。

それではまた、お目にかかれますように――。

4月　　最近、太刀魚の干物にハマってます。カリカリに焼いたのがっ。　水壬楓子《みなみふうこ》

初出
キャスティング ———— 小説リンクス12月号（2008年）掲載作品
プレビュー ———— 書き下ろし

この本を読んでの
ご意見・ご感想を
お寄せ下さい。

〒151-0051
東京都渋谷区千駄ヶ谷4-9-7
(株)幻冬舎コミックス　小説リンクス編集部
「水《みな》壬《み》楓《ふう》子《こ》先生」係／「水《み》名《な》瀬《せ》雅《まさ》良《ら》先生」係

リンクス ロマンス

キャスティング

2010年4月30日　第1刷発行

著者…………水《みな》壬《み》楓《ふう》子《こ》
発行人…………伊藤嘉彦
発行元…………株式会社　幻冬舎コミックス
〒151-0051　東京都渋谷区千駄ヶ谷4-9-7
TEL 03-5411-6434（編集）
発売元…………株式会社　幻冬舎
〒151-0051　東京都渋谷区千駄ヶ谷4-9-7
TEL 03-5411-6222（営業）
振替00120-8-767643
印刷・製本所…共同印刷株式会社
検印廃止

ISBN978-4-344-81941-2 C0293
Printed in Japan

幻冬舎コミックスホームページ　http://www.gentosha-comics.net